»Der Zauber steckt immer im Detail«
Ein Fontane-Lesebuch

Herausgegeben von Matthias Reiner
Mit Fotografien von Heike Steinweg

Insel Verlag

Insel-Bücherei Nr. 2033

»Der Zauber steckt immer im Detail«

Für Paul Theodor

»Langeweile war, wovor Fontane sich fürchtete wie vor kaum etwas sonst; und zu seinem Credo gehört, die Wahrheit würde uns langweilen, sobald wir sie hätten.«
Hans Blumenberg

Vorbemerkung

Ein Porträt des Künstlers als alter Mann. Es stammt von Alfred Kerr, der, gerade 28 Jahre alt, am 1. Januar 1895 im ersten seiner Berliner Briefe *für die* Breslauer Zeitung *Fontane beschrieb: »Ein alter, großgewachsener Herr ist Theodor Fontane, mit schmalem Seitenbärtchen und grauem Schnurrbart. Ein großes Tuch um den Hals gelegt, das über dem dicken Mantel sitzt, schreitet er die Potsdamer Straße entlang. Er geht gewöhnlich dicht an den Häusern, weil es ihm keinen Spaß machen würde, von den hundert Bekannten, die dort jeder Bewohner des Westens täglich trifft, angehalten zu werden. Nicht als ob er unfreundlich wäre. Aber es lohnt sich wahrhaftig nicht, ein paar Banalitäten auszutauschen und sich dafür zu erkälten. Vor dem Erkälten hat er nämlich große Angst; und darum hält er das berühmte graugrüne Tuch stets vorn mit der Hand zusammen. Unter dem Hut blicken die guten und klugen und großen grauen Augen in die Ferne, und mit raschen Schritten geht er, etwas nach vorn geneigt, unaufhaltsam seines Weges. Wenn es windig ist, schreitet er rascher, und er hält das Tuch fester und höher, bis über den Mund weg. Die grauen Locken bewegen sich dann leise, die dem alten Herrn über dem Nacken schweben. Es sind keine Künstlerlocken. Er sieht nicht aus wie ein greiser Barde, von dem zu befürchten ist, dass er eine Leier aus der Manteltasche zieht. Er hat etwas Altfränkisches-Militärisches. Er hat das Gesicht eines friedlichen Offiziers aus den dreißiger Jahren. Über dem ganzen Mann schwebt im Äußeren, auch in der Kleidung, bis auf Halsbinde und Kragen ein Hauch der guten alten Zeit.«*

Der vorliegende Band bietet eine Auswahl aus dem Werk dieses

Autors, sie ist nicht repräsentativ oder »ausgewogen«, sie möchte zur weiteren Lektüre anregen. Für Liebhaber des Autors gilt ohnehin: »Fontane liest man nie aus.« (Helmuth Nürnberger).

»Ich bin mehr fürs Runde«
Mathilde Möhring

Möhrings wohnten Georgenstraße 19 dicht an der Friedrichsstraße. Wirt war Rechnungsrat Schultze, der in der Gründerzeit mit dreihundert Talern spekuliert und in zwei Jahren ein Vermögen erworben hatte. Wenn er jetzt an seinem Ministerium vorüberging, sah er immer lächelnd hinauf und sagte; »Gu'n Morgen, Exzellenz.« Gott, Exzellenz. Wenn Exzellenz fiel, und alle Welt wunderte sich, daß er noch nicht gefallen sei, so stand er, wie Schultze gern sagte, vis-à-vis de rien, höchstens Oberpräsident in Danzig. Da war er besser dran, er hatte fünf Häuser, und das in der Georgenstraße war beinah schon ein Palais, vorn kleine Balkone von Eisen mit Vergoldung. Was anscheinend fehlte, waren Keller und natürlich auch Kellerwohnungen, statt dessen lagen kleine Läden, ein Vorkostladen, ein Barbier-, ein Optikus- und ein Schirmladen in gleicher Höhe mit dem Straßenzug, wodurch die darüber gelegene Wirtswohnung jenen à-deux-mains-Charakter so vieler neuer Berliner Häuser erhielt. War es Hochparterre oder war es eine Treppe hoch. Auf Schultzes Karte stand: Georgenstraße 19 I, was jeder gelten ließ mit Ausnahme Möhrings, die, je nachdem diese Frage entschieden wurde, drei oder vier Treppen hoch wohnten, was neben der gesellschaftlichen auch eine gewisse praktische Bedeutung für sie hatte.

Möhrings waren nur zwei Personen, Mutter und Tochter; der Vater, Buchhalter in einem Kleider-Exportgeschäft, war schon sieben Jahre tot und war am Palmsonnabend gestorben, einen Tag vor Mathildens Einsegnung. Der Geistliche hatte daraufhin eine Bemerkung gemacht, die bei Mutter und Tochter noch fortlebte. Ebenso das letzte Wort, das Möhring Vater an seine Tochter gerichtet hatte: »Mathilde, halte dich propper.« Pastor Neuschmidt, dem es gesagt wurde, war der Meinung, der Sterbende habe es moralisch gemeint, Schultzes, die auch davon gehört hatten und neben dem Geld- und Rechnungsrat-Hochmut natürlich auch noch den Wirtshochmut hatten, bestritten dies aber und brachten das Wort einfach in Zusammenhang mit dem Kleider-Exportgeschäft, in dem sich der Gedankengang des Alten bewegt habe; es solle soviel heißen wie: »Kleider machen Leute«.

Damals waren Möhrings eben erst eingezogen, und Schultze sah den Tod des alten Möhring, der übrigens erst Mitte vierzig war, ungern. Als man den Sarg auf den Wagen setzte, stand er am Fenster und sagte zu seiner hinter ihm stehenden Frau: »Fatale Geschichte. Die Leute haben natürlich nichts, und nu war vorgestern auch noch die Einsegnung. Ich will dir sagen, Emma, wie's kommt, sie werden vermieten, und weil es eine Studentengegend ist, so werden sie's an einen Studenten vermieten, und wenn wir dann mal spät nach Hause kommen, liegt er auf dem Flur, weil er die Treppe nicht hat finden können. Ich bitte dich schon heute, erschrick nicht, wenn es vorkommt, und kriege nicht deinen Aufschrei.« Als Schultze diesen Satz geendet, fuhr draußen der Wagen fort.

Die Befürchtungen Schultzens erfüllten sich und auch wieder nicht. Allerdings wurde Witwe Möhring eine Zimmervermieterin, ihre Tochter aber hatte scharfe Augen und viel Menschenkenntnis, und so nahmen (sie) nur Leute ins Haus, die einen soliden Eindruck machten. Selbst Schultze, der Kündigungsgedanken gehabt hatte, mußte das nach Jahr und Tag zugeben, bei welcher Gelegenheit er nicht unterließ, den Möhrings überhaupt ein glänzendes Zeugnis auszustellen. »Wenn ich bedenke, Buchhalter in einer Schneiderei, und die

Frau kann doch auch höchstens eine Müllertochter sein, so ist es erstaunlich. Manierlich, bescheiden, gebildet. Und das Mathildchen, sie muß nu wohl siebzehn sein, immer fleißig und grüßt sehr artig. Ein sehr gebildetes Mädchen.«

Das war nun schon wieder sechs Jahr her, und Mathildchen war nun eine richtige Mathilde von dreiundzwanzig. Das heißt, eine so ganz richtige Mathilde war sie doch nicht, dazu war sie zu hager und hatte einen grisen Teint. Und auch das aschblonde Haar, das sie hatte, paßte nicht recht zu einer Mathilde. Nur das Umsichtige, das Fleißige, das Praktische, das paßte zu dem Namen, den sie führte. Schultze hatte sie auch mal ein appetitliches Mädchen genannt. Dies war richtig, wenn er sie mit dem verglich, was ihm an Weiblichkeit am nächsten stand, enthielt aber doch ein bestimmtes Maß von Übertreibung. Mathilde hielt auf sich, das mit dem »propper« hatte sich ihr eingeprägt, aber sie war trotzdem nicht recht zum Anbeißen, was doch das eigentlich Appetitliche ist, sie war sauber, gut gekleidet und von energischem Ausdruck, aber ganz ohne Reiz. Mitunter war es, als ob sie das selber wisse, und dann kam ihr ein gewisses Mißtrauen, nicht in ihre Klugheit und Vortrefflichkeit, aber in ihren Charme, und sie hätte dies Gefühl vielleicht großgezogen, wenn sie sich nicht in solchen kritischen Momenten eines unvergeßlichen Vorgangs entsonnen hätte. Das war in Halensee gewesen an ihrem siebzehnten Geburtstag, den man mit einer unverheirateten Tante in Halensee gefeiert hatte. Sie hatte sich in einiger Entfernung von der Kegelbahn aufgestellt und sah immer das Bahnbrett hinunter, um zu sehn, wieviel Kegel die Kugel nehmen würde, da hörte sie ganz deutlich, daß einer der Kegelspieler sagte: »Sie hat ein Gemmengesicht.« Von diesem Worte lebte sie seitdem. Wenn sie sich vor den alten Stehspiegel stellte, dessen Mittellinie ihr grad über die Brust lief, stellte sie sich zuletzt immer en profil und fand dann das Wort des Halenseer Kegelschützen bestätigt. Und durfte es auch; sie hatte wirklich ein Gemmengesicht, und auf ihre Photographie hin hätte sich jeder in sie verlieben können, aber mit dem edlen Profil schloß [es] auch ab, die dünnen Lippen, das spärlich angeklebte, aschgraue Haar, das zu klein gebliebne Ohr, daran allerhand zu fehlen schien, alles nahm dem Ganzen jeden sinnlichen Zauber, und am nüchternsten wirkten die wasserblauen Augen. Sie hatten einen Glanz, aber einen ganz prosaischen, und wenn man früher von einem Silberblick sprach, so konnte man hier von einem Blechblick sprechen. Ihre Chancen auf Liebe waren nicht groß, wenn sich nicht jemand fand, dem das Profil über alles ging. Sie hatte deshalb auch den gebildeten Satz akzeptiert und operierte gern damit: »In der Kunst entscheidet die Reinheit der Linie.« Rechnungsrat Schultze hatte sich anfangs durch diesen Satz blenden lassen.

Als er ihn aber nochmals gehört hatte, merkte er die Absicht und wurde verstimmt und sagte zu seiner Frau: »Ich bin mehr fürs Runde.« Das tat der Rechnungsrätin wohl, denn es war das einzige, was sie hatte.

| | |

»Leider nicht druckfertig. Mit Rührung gelesen 31 Jan 01. Die alte Fontane«, notierte Emilie, die Witwe des Autors, auf dem Umschlag des ersten Kapitels des Manuskripts. Mathilde Möhring *erschien 1906 in einer »Bearbeitung« von Josef Ettlinger, die heutige Textgestalt verdanken wir Gotthard Erler, der den Roman 1969 nach der Handschrift Fontanes neu edierte. Ob die Nicht-Fertigstellung des Buches damit zusammenhängt, dass der Autor der spröden »Mathilde« einen Erfolg beim lesenden Publikum nicht zutraute, kann nicht belegt werden.*

Mathilde stammt aus kleinbürgerlichen Verhältnissen, ist ehrgeizig und klug, aber »ihre Chancen auf Liebe waren nicht groß«. Der Bummelstudent Hugo Großmann, »er hat die für viele Fontanesche

Männer typische Lebensschwäche« (Christian Grawe), wird von der zielstrebigen Mathilde »eingefangen«, geheiratet, durchs Studium bis hin zum Landratsposten bugsiert. Sein früher Tod wirft die Protagonistin zurück in ihr Ausgangsmilieu, sie wird schließlich Lehrerin: »Als Heldin eines deutschen Romans ist Mathilde Möhring eine ungewöhnliche Erscheinung.« (Helmuth Nürnberger / Dietmar Storch) In den Worten des Romanciers: »Man hört das Schlüsselbund. Und sieht die Speisekammer.«

Den Hauptschauplatz der Romanhandlung, das Mietshaus in der südlich parallel zu den Gleisen der S-Bahn verlaufenden Georgenstraße am Bahnhof Friedrichstraße, kann man sich im heutigen Berlin zumindest vorstellen. Die Orte, zu denen der »Schlappier« Hugo vor seinen Examensstudien floh, gibt es aber nicht mehr: das »Krollsche Etablissement« und die »Zelte« im Tiergarten oder »Toepfers Hotel« am Karlsplatz. Nur die Restauration »Zum Franziskaner«, seit 1882 in der Georgenstraße, zu der Hugo schon am ersten Abend seines Einzugs in die Möhring'sche Wohnung ging, kann man »lokalisieren«: Sie firmiert seit 1971 als »Nolles Restaurant«.

»Egoistisch bin ich, aber nicht lieblos«

Brief an Emilie Fontane

Berlin, 31. Juli 76.

Liebe Frau.

Die Briefe von George und Mete, die ich gestern zur Post gab, wirst Du heute früh erhalten haben. Sie waren beide in ihrer Art ausgezeichnet; wie treffend, wie allerliebst in Metens Brief der Vergleich zwischen Dobberan und Warnemünde; wie fein, wie bescheiden und doch wieder wie selbstständig Georgens Urteile über die Götheschen Dichtungen. Ich habe mich gleich hingesetzt und ihm den ganzen Bogenhaufen geschickt, der meine eignen Aufzeichnungen über Wilhelm Meister enthält. Sonderbarerweise haben Vater und Sohn den Roman zu gleicher Zeit gelesen.

Das Brief-Schreibetalent der Kinder ist insoweit nicht verwunderlich, als sie es ebenso gut von Mutter- wie Vater-Seite her haben können. Ueber Deinen heut erhaltenen Brief hab' ich mich sehr gefreut; wenn Du doch diese selbstständigen Gedanken, dieses gerechte Urteil auch im alltäglichen Leben und bei Würdigung dessen hättest, was ich thue oder lasse. Das Schlimme ist, daß Du Dich nicht daran gewöhnen kannst und auch nicht gewöhnen willst, mich für einen verständigen und auf *meine* Weise ganz praktischen Menschen anzusehn. Du läßt mir alle möglichen Vorzüge, betrachtest mich aber wie ein poetisches Kind, das jeden Augenblick auf dem Punkt steht, sich als Familien-Enfant-terrible aufzuspielen. So liegen aber die Dinge durchaus nicht; ich weiß auch, daß man

Miete und Steuern bezahlen muß und daß man von der Luft nicht leben kann. Am wenigsten ich. Es ist auch nicht richtig, wenn ewig von meiner Lieblosigkeit gesprochen [wird]. Ich beobachte mich seit längrer Zeit auf diesen Punkt hin und ich kann mit gutem Gewissen sagen: es trifft nicht zu. Egoistisch bin ich, aber nicht lieblos. Das ist ein großer, großer Unter- | 17
schied. Ich könnte ein hohes Lied schreiben über die Erhabenheit, die Herrlichkeit, die Wonne, die Wunderkraft der Liebe, und zwar nicht Phrasen, die ich hasse, sondern Empfundenes; aber freilich was sich so gemeinhin Liebe nennt, diese ganze Reihe niedrigstehender, beleidigender, zugleich mit wuchtigster Prätension auftretenden Bourgeois-Empfindungen – und *dieses* Bourgeoistum ragt in alle Stände hinein – für diese Sorte Liebe hab' ich nur Spott und Verachtung. Ich liebe Liebe, aber ich kucke sie mir an und prüfe sie auf ihre Echtheit; vieles was sich in gutem Glauben dafür giebt, ist nicht weit her. Die bloße persönliche, aus leidlicher Begriffsverwirrung geborene Ueberzeugung: »ich liebe« ist noch lange keine Legitimation.

Ich schicke Dir drei Briefe von Hertz, Lessing (beide noch in der »Daheim«-Angelegenheit) und von Brockhaus. Der von Lessing wird Dir wegen seines Mittelpassus mit Fug und Recht der wichtigste sein. Ich bitte Dich aber herzlich, darauf nicht Hoffnungen bauen zu wollen, die sich leichtmöglicherweise schließlich doch nicht erfüllen. Ich bin so weit gegangen, vor etwa 2 Wochen schon an Lucae zu schreiben, daß wenn an diesen Gerüchten etwas Wahres sein sollte, ich meinerseits kein Hindernis mehr entgegenstellen würde. Weiter aber kann ich und werde ich nicht gehn. Es hat mich bei diesem Schritt sehr meine Liebe zu Dir mitbestimmt, weil ich Dich glücklich sehn und den heißesten Wunsch Deines Lebens – den ich nicht in gleichem Grade teile, aber völlig verstehe und respektire – Dir riesig gern erfüllen möchte. Für mich *persönlich* bleibt es im Uebrigen bestehn, daß die Stelle, auch in rein pekuniärem Betracht, nicht das gelobte Land ist, von dem Du träumst, und daß ich, wenn ich sie *nicht* wiedererhalte, als freier Schriftsteller gerade so gut leben kann, wie als Sekretär der Akademie. Deinetwegen wünsche ich aber aufrichtig ein Wiedereinklingen. Ich muß hinzusetzen, daß Lucae – allen Gerüchten zum Trotz (Geh. R. L. Hahn hatte mit halber Bestimmtheit in diesem Sinne zu mir gesprochen) – *nicht* daran glaubte.

Die nächsten Wochen müssen endlich die Entscheidung bringen; ich bitte Dich schon heute, weder über »ja« noch »nein« den Kopf zu verlieren. Es wird gehen, gleichviel ob momentan die 6 oben liegt oder Null. Jeder Tag ist ein neues Würfelspiel und die Zahlen und Werte wechseln. Ich habe das wieder recht in diesen bitterschweren Monaten erfahren.

Empfiehl mich den teuren Treutlers, namentlich Frau Johanna selbst und sag' ihr, daß ich nicht egoistisch genug wäre, um nicht über ihre Wiedergenesung eine herzliche und große Freude zu empfinden. Oder vielleicht ist es doch Egoismus! Wie immer Dein

Th. F.

| | |

In Frau Jenny Treibel *heißt es: »Über Ehe kann nur sprechen, wer sie durchgefochten hat.« Der Briefwechsel mit seiner Frau Emilie, der drei Bände umfasst und von 1844 bis zu Fontanes Tod 1898 geführt wurde, legt davon Zeugnis ab. Die Briefe, anfangs während der Auslandsaufenthalte in England oder Frankreich oder der »Wochenend-Wanderungen« durch die Mark Brandenburg entstanden, enthalten Reiseberichte, Bulletins der eigenen Konstitution, Anekdoten und politische Ansichten und ersetzen, so steht zu vermuten, die Gespräche zwischen dem Ehepaar. Später kam die briefliche Zwiesprache vor allem in den Sommermonaten zustande, wenn sich der Autor zu Arbeitsferien vorzugsweise im Harz oder im schlesischen Krummhübel aufhielt, um der »Berliner Luft« zu entkommen. Die*

Ansprache war direkt, Konflikte wurden nicht gescheut, etwa über die Erziehung der Kinder oder das Prekäre des freien Schriftstellerlebens, aber der Grundton war überwiegend heiter und erinnert an die »Causerien« in Fontanes Romanen. Mit Sentenziösem wurde nicht gegeizt: »Die Zuneigung ist etwas Rätselvolles.« Emilie Fontane, geborene Rouanet, »aus unsicheren Verhältnissen stammend« (Gotthard Erler), war in vielerlei Hinsicht das wichtigste Korrektiv ihres Mannes. An Mete schrieb Fontane: »Man kann an Mama studiren, daß das Gefälligste, vielleicht auch das Beste was der Mensch haben kann die Natürlichkeit ist.«

»Nich heiraten is noch besser«

Schach von Wuthenow

Eine Woche später hatten König und Königin Paretz wieder verlassen, und schon am Tage danach ritt Rittmeister von Schach in Veranlassung eines ihm in Schloß Wuthenow übergebenen Kabinettsschreibens nach Charlottenburg hinaus, wohin inzwischen der Hof übersiedelt war. Er nahm seinen Weg durchs Brandenburger Tor und die große Tiergartenallee, links hinter ihm Ordonnanz Baarsch, ein mit einem ganzen Linsengericht von Sommersprossen überdeckter Rotkopf mit übrigens noch röterem Backenbart, auf welchen roten und etwas abstehenden Bart hin Zieten zu versichern pflegte, »daß man auch *diesen* Baarsch an seinen Flossen erkennen könne«. Wuthenower Kind und seines Gutsherrn und Rittmeisters ehemaliger Spielgefährte, war er diesem und allem, was Schach hieß, selbstverständlich in unbedingten Treuen ergeben.

Es war vier Uhr nachmittags und der Verkehr nicht groß, trotzdem die Sonne schien und ein erquickender Wind wehte. Nur wenige Reiter begegneten ihnen, unter diesen auch ein paar Offiziere von Schachs Regiment. Schach erwiderte ihren Gruß, passierte den Landwehrgraben und ritt bald danach in die breite Charlottenburger Hauptstraße mit ihren Sommerhäusern und Vorgärten ein.

Am türkischen Zelt, das sonst wohl sein Ziel zu sein pflegte, wollte sein Pferd einbiegen; er zwang es aber weiter und hielt erst bei dem Morellischen Kaffeehause, das ihm heute für den

Gang, den er vorhatte, bequemer gelegen war. Er schwang sich aus dem Sattel, gab der Ordonnanz den Zügel und ging ohne Versäumnis auf das Schloß zu. Hier trat er nach Passierung eines öden und von der Julisonne längst verbrannten Grasvierecks erst in ein geräumiges Treppenhaus und bald

danach in einen schmalen Korridor ein, an dessen Wänden in anscheinend überlebensgroßen Portraits die glotzäugigen blauen Riesen König Friedrich Wilhelms I. paradierten. Am Ende dieses Ganges aber traf er einen Kammerdiener, der ihn, nach vorgängiger Meldung, in das Arbeitskabinett des Königs führte.

Dieser stand an einem Pult, auf dem Karten ausgebreitet lagen, ein paar Pläne der Austerlitzer Schlacht. Er wandte sich sofort, trat auf Schach zu und sagte: »Habe Sie rufen lassen, lieber Schach … Die Carayon; fatale Sache. Spiele nicht gern den Moralisten und Splitterrichter; mir verhaßt; auch meine Verirrungen. Aber in Verirrungen nicht stecken bleiben; wiedergutmachen. Übrigens nicht recht begreife. Schöne Frau, die Mutter; mir sehr gefallen; kluge Frau.«

Schach verneigte sich.

»Und die Tochter! Weiß wohl, weiß; armes Kind … Aber enfin, müssen sie doch charmant gefunden haben. Und was man einmal charmant gefunden, findet man, wenn man nur will, auch wieder. Aber das ist *Ihre* Sache, geht mich nichts an. Was mich angeht, das ist die honnêteté. Die verlang' ich, und um dieser honnêteté willen verlang' ich Ihre Heirat mit dem Fräulein von Carayon. Oder Sie müßten denn Ihren Abschied nehmen und den Dienst quittieren wollen.«

Schach schwieg, verriet aber durch Haltung und Miene, daß ihm dies das Schmerzlichste sein würde.

»Nun, denn bleiben also; schöner Mann; liebe das. Aber Remedur muß geschafft werden, und bald, und gleich. Übrigens alte Familie, die Carayons, und wird Ihren Fräulein Töchtern (Pardon, lieber Schach) die Stiftsanwartschaft auf Marienfließ oder Heiligengrabe nicht verderben. Abgemacht also. Rechne darauf, dringe darauf. Und werden mir Meldung machen.«

»Zu Befehl, Ew. Majestät.«

»Und noch eines; habe mit der Königin darüber gesprochen; will Sie sehn; Frauenlaune. Werden sie drüben in der Orangerie treffen … Dank Ihnen.«

Schach war gnädig entlassen, verbeugte sich und ging den Korridor hinunter auf das am entgegengesetzten Flügel des Schlosses gelegene große Glas- und Gewächshaus zu, von dem der König gesprochen hatte.

Die Königin aber war noch nicht da, vielleicht noch im Park. So trat er denn in diesen hinaus und schritt auf einem Fliesengange zwischen einer Menge hier aufgestellter römischer Kaiser auf und ab, von denen ihn einige faunartig anzulächeln schienen. Endlich sah er die Königin von der Fährbrücke her auf sich zukommen, eine Hofdame mit ihr, allem Anscheine nach das jüngere Fräulein von Viereck. Er ging beiden Damen entgegen und trat in gemessener Entfernung beiseit, um die militärischen Honneurs zu machen. Das Hoffräulein aber blieb um einige Schritte zurück.

»Ich freue mich, Sie zu sehen, Herr von Schach. Sie kommen vom Könige.«

»Zu Befehl, Ew. Majestät.«

»Es ist etwas gewagt«, fuhr die Königin fort, »daß ich Sie habe bitten lassen. Aber der König, der anfänglich dagegen war und mich darüber verspottete, hat es schließlich gestattet. Ich bin eben eine Frau, und es wäre hart, wenn ich mich meiner Frauenart entschlagen müßte, nur weil ich eine *Königin* bin. Als Frau aber interessiert mich alles, was unser Geschlecht angeht, und was ging uns näher an als eine solche question d'amour.«

»Majestät sind so gnädig.«

»Nicht gegen Sie, lieber Schach. Es ist um des Fräuleins willen … Der König hat mir alles erzählt, und Köckritz hat von dem Seinen hinzugetan. Es war denselben Tag, als ich von Pyrmont wieder in Paretz eintraf, und ich kann Ihnen kaum aussprechen, wie groß meine Teilnahme mit dem Fräulein war. Und nun wollen Sie, gerade *Sie*, dem lieben Kinde diese Teilnahme versagen und mit dieser Teilnahme zugleich sein Recht. Das ist unmöglich. Ich kenne Sie so lange Zeit und habe Sie jederzeit als einen Kavalier und Mann von Ehre befunden. Und dabei, denk' ich, belassen wir's. Ich habe von den Spottbildern gehört, die publiziert worden sind, und diese Bilder, so nehm' ich an, haben Sie verwirrt und Ihnen Ihr ruhiges Urteil genommen. Ich begreife das, weiß ich doch aus allereigenster Erfahrung, wie weh dergleichen tut und wie der giftige Pfeil uns nicht bloß in unserem Gemüte verwundet, sondern auch verwandelt und *nicht* verwandelt zum Besseren. Aber wie dem auch sei, Sie mußten sich auf sich selbst besinnen, und damit zugleich auch auf *das*, was Pflicht und Ehre von Ihnen fordern.«

Schach schwieg.

»Und Sie *werden* es«, fuhr die Königin immer lebhafter werdend fort, »und werden sich als einen Reuigen und Bußfertigen zeigen. Es kann Ihnen nicht schwer werden, denn selbst aus der Anklage gegen Sie, so versicherte mir der König, habe noch immer ein Ton der Zuneigung gesprochen. Seien Sie dessen gedenk, wenn Ihr Entschluß je wieder ins Schwanken kommen sollte, was ich nicht fürchte. Wüßt' ich doch kaum etwas, was mir in diesem Augenblicke so lieb wäre, wie die Schlichtung dieses Streits und der Bund zweier Herzen, die mir füreinander bestimmt erscheinen. Auch durch eine recht eigentliche Liebe. Denn Sie werden doch, hoff' ich, nicht in Abrede stellen wollen, daß es ein geheimnisvoller Zug war, was Sie zu diesem lieben und einst so schönen Kinde hinführte. Das Gegenteil anzunehmen, widerstreitet mir. Und nun eilen Sie heim, und machen Sie glücklich und werden Sie glücklich. Meine Wünsche begleiten Sie, Sie beide. Sie werden sich zurückziehen, solang es die Verhältnisse gebieten; unter allen Umständen aber erwart' ich, daß Sie mir Ihre Familienereignisse melden und den Namen Ihrer Königin als erste Taufpatin in Ihr Wuthenower Kirchenbuch eintragen lassen. Und nun Gott befohlen.«

Ein Gruß und eine freundliche Handbewegung begleiteten diese Worte; Schach aber, als er sich kurz vor der Gartenfront noch einmal umsah, sah, wie beide Damen in einen Seitenweg einbogen und auf eine schattigere, mehr der Spree zu gelegene Partie des Parkes zuschritten.

Er selbst saß eine Viertelstunde später wieder im Sattel; Ordonnanz Baarsch folgte.

Die gnädigen Worte beider Majestäten hatten eines Eindrucks auf ihn nicht verfehlt; trotzdem war er nur getroffen, in nichts aber umgestimmt worden. Er wußte, was er dem König schuldig sei: *Gehorsam!* Aber sein Herz widerstritt, und so galt es denn für ihn, etwas ausfindig zu machen, was Gehorsam und Ungehorsam in sich vereinigte, was dem Befehle seines Königs und dem Befehle seiner eigenen Natur gleichmäßig entsprach. Und dafür gab es nur *einen* Weg. Ein Gedanke, den er schon in Wuthenow gefaßt hatte, kam ihm jetzt wieder und reifte rasch zum Entschluß, und je fester er ihn werden fühlte, desto mehr fand er sich in seine frühere gute Haltung und Ruhe zurück. »Leben«, sprach er vor sich hin. »Was ist leben? Eine Frage von Minuten, eine Differenz von heut' auf morgen.« Und er fühlte sich, nach Tagen schweren Druckes, zum ersten Male wieder leicht und frei.

Als er, heimreitend, bis an die Wegstelle gekommen war, wo eine alte Kastanienallee nach dem Kurfürstendamm hin abzweigte, bog er in diese Allee ein, winkte Baarsch an sich heran und sagte, während er den Zügel fallen ließ und die linke Hand auf die Kruppe seines Pferdes stemmte: »Sage, Baarsch, was hältst du eigentlich von heiraten?«

»Jott, Herr Rittmeister, wat soll ich davon halten? Mein Vater selig sagte man ümmer: heiraten is gut, aber nich heiraten is noch besser.«

»Ja, das mag er wohl gesagt haben. Aber wenn *ich* nun heirate, Baarsch?«

»Ach, Herr Rittmeister werden doch nich!«

»Ja, wer weiß … Ist es denn ein solches Malheur?«

»Jott, Herr Rittmeister, vor Ihnen grade nich, aber vor *mir* …«

»Wie das?«

»Weil ich mit Untroffizier Czepanski gewett't hab', es würd' *doch* nichts. Un wer verliert, muß die ganze Korporalschaft freihalten.«

»Aber woher wußtet ihr denn davon?«

»I Jott, des munkelt ja nu all lang. Un wie nu vorige Woch ooch noch die Bilders kamen …«

»Ah, so … Nu sage, Baarsch, wie steht es denn eigentlich mit der Wette? Hoch?«

»I nu, 's jeht, Herr Rittmeister. 'ne Cottbusser un'n Kümmel. Aber vor jed' een.«

»Nu, Baarsch, du sollst dabei nicht zu Schaden kommen. Ich werde die Wette bezahlen.«

Und danach schwieg er und murmelte nur noch vor sich hin: »et payer les pots cassés«.

| | |

Die »Erzählung aus der Zeit des Regiments Gensdarmes« erschien 1883: Schach von Wuthenow, standesbewusster Offizier im Elite-Regiment, verführt Victoire, die Tochter der bei Hofe angesehenen Frau von Carayon. In Paretz, dem Sommeridyll des preußischen Königspaars, wird Frau von Carayon zugesichert, die Ehre ihrer Tochter werde wiederhergestellt, und Schach erhält (in Schloss

Charlottenburg) die Ordre von Friedrich Wilhelm und Luise, seine Beziehung zu legitimieren. Da Victoires Gesicht von Pockennarben entstellt ist, fürchtet Schach den Spott seiner Kameraden und erschießt sich nach der Trauung.

In seinem zweiten autobiographischen Buch, Von Zwanzig bis Dreißig, *schrieb Fontane über Friedrich Wilhelm III.: »Bekenne mich mit Stolz und Liebe zu einer beinah schwärmerischen Liebe zu diesem lange nicht genug gewürdigten und verehrten Könige.«*

Paretz liegt etwa 40 km westlich von Berlin und lohnt einen Besuch. Fontane hat dem Ort in den »Wanderungen« ein eigenes Kapitel gewidmet: »Es war eine halbe Stunde, wie sie nur an d i e s e r Stelle erlebt werden kann, hier, wo sich Stille und Erinnerung die Hand reichen.«

Zugang
zum
Familienfriedhof
Familie
von Ribbeck

Herr von Ribbeck auf Ribbeck im Havelland

Herr von Ribbeck auf Ribbeck im Havelland,
Ein Birnbaum in seinem Garten stand,
Und kam die goldene Herbsteszeit
Und die Birnen leuchteten weit und breit,
Da stopfte, wenn's Mittag vom Turme scholl,
Der von Ribbeck sich beide Taschen voll,
Und kam in Pantinen ein Junge daher,
So rief er: »Junge, wiste 'ne Beer?«
Und kam ein Mädel, so rief er: »Lütt Dirn,
Kumm man röwer, ick hebb 'ne Birn.«

So ging es viel Jahre, bis lobesam
Der von Ribbeck auf Ribbeck zu sterben kam.
Er fühlte sein Ende. 's war Herbsteszeit,
Wieder lachten die Birnen weit und breit;
Da sagte von Ribbeck: »Ich scheide nun ab.
Legt mir eine Birne mit ins Grab.«
Und drei Tage drauf, aus dem Doppeldachhaus,
Trugen von Ribbeck sie hinaus,
Alle Bauern und Büdner mit Feiergesicht
Sangen »Jesus meine Zuversicht«,
Und die Kinder klagten, das Herze schwer:
»He is dod nu. Wer giwt uns nu 'ne Beer?«

So klagten die Kinder. Das war nicht recht –

Ach, sie kannten den alten Ribbeck schlecht;
Der *neue* freilich, der knausert und spart,
Hält Park und Birnbaum strenge verwahrt.
Aber der *alte*, vorahnend schon
Und voll Mißtraun gegen den eigenen Sohn,
Der wußte genau, was damals er tat,
Als um eine Birn' ins Grab er bat,
Und im dritten Jahr aus dem stillen Haus
Ein Birnbaumsprößling sproßt heraus.

Und die Jahre gehen wohl auf und ab,
Längst wölbt sich ein Birnbaum über dem Grab,
Und in der goldenen Herbsteszeit
Leuchtet's wieder weit und breit.
Und kommt ein Jung' übern Kirchhof her,
So flüstert's im Baume: »Wiste 'ne Beer?«
Und kommt ein Mädel, so flüstert's: »Lütt Dirn,
Kumm man röwer, ick gew' di ne Birn.«

So spendet Segen noch immer die Hand
Des von Ribbeck auf Ribbeck im Havelland.

| | |

Fontanes bekanntestes Gedicht, 1891 entstanden, greift in Form einer Ballade – frei nach Karl Eduard Haases Volkstümliches aus der Grafschaft Ruppin und Umgebung – *die Sage vom Gutsherrn auf, der die Kinder in märkischem Platt anspricht und über seinen Tod hinaus mit Birnen versorgt. Das historische Vorbild war Hans Georg von Ribbeck (1689-1759), bei der Obstsorte soll es sich um eine wohlschmeckende »Melanchthon-Birne« (auch »Römische Schmalzbirne«) gehandelt haben. 1945 wurde der letzte Gutsbesitzer auf Ribbeck im KZ Sachsenhausen ermordet, seine Familie im Zuge der*

SED-Bodenreformen enteignet. In der DDR diente Schloss Ribbeck als Altenpflegeheim, nach 2004 wurde es renoviert und wieder der Öffentlichkeit zugänglich gemacht, es beherbergt ein Restaurant und ein Museum. Das 400-Seelen-Dorf Ribbeck ist heute ein Ortsteil von Nauen.

F. C. Delius' Erzählung Die Birnen von Ribbeck, *die im ersten Jahr nach der »Wende« spielt und 1991 erschienen ist, thematisierte die Geschichte des Gutes und blickte durchaus visionär in die Zukunft. Tatsächlich ist der Birnbaum, ein Nachfahre des Balladenbaums, eine touristische Attraktion geworden, eine »Reliquie« ist in der Dorfkirche zu besichtigen und man kann »hauseigenen« Williams-Edelbrand erwerben.*

»Nichts von ›aber‹, Treibel«

Frau Jenny Treibel

Treibel war ein Frühauf, wenigstens für einen Kommerzienrat, und trat nie später als acht Uhr in sein Arbeitszimmer, immer gestiefelt und gespornt, immer in saubersten Toilette. Er sah dann die Privatbriefe durch, tat einen Blick in die Zeitungen und wartete, bis seine Frau kam, um mit dieser gemeinschaftlich das erste Frühstück zu nehmen. In der Regel erschien die Rätin sehr bald nach ihm, heut aber verspätete sie sich, und weil der eingegangenen Briefe nur ein paar waren, die Zeitungen aber, in denen schon der Sommer vorspukte, wenig Inhalt hatten, so geriet Treibel in einen leisen Zustand von Ungeduld und durchmaß, nachdem er sich rasch von seinem kleinen Ledersofa erhoben hatte, die beiden großen nebenan gelegenen Räume, darin sich die Gesellschaft vom Tage vorher abgespielt hatte. Das obere Schiebefenster des Garten- und Eßsaales war ganz heruntergelassen, so daß er, mit den Armen sich auflehnend, in bequemer Stellung in den unter ihm gelegenen Garten hinabsehen konnte. Die Szenerie war wie gestern, nur statt des Kakadu, der noch fehlte, sah man draußen die Honig, die, den Bologneser der Kommerzienrätin an einer Strippe führend, um das Bassin herumschritt. Dies geschah jeden Morgen und dauerte Mal für Mal, bis der Kakadu seinen Stangenplatz einnahm oder in seinem blanken Käfig ins Freie gestellt wurde, worauf sich dann die Honig mit dem Bologneser zurückzog, um einen Ausbruch von Feindseligkeiten zwischen den beiden gleichmäßig verwöhnten Lieblingen des Hauses zu vermeiden. Das alles indessen stand heute noch aus. Treibel, immer artig, erkundigte sich, von seiner Fensterstellung aus, erst nach dem Befinden des Fräuleins – was die Kommerzienrätin, wenn sie's hörte, jedesmal sehr überflüssig fand – und fragte dann, als er beruhigende Versicherungen

darüber entgegengenommen hatte, wie sie Mr. Nelsons englische Aussprache gefunden habe, dabei von der mehr oder weniger überzeugten Ansicht ausgehend, daß es jeder von einem Berliner Schulrat examinierten Erzieherin ein kleines sein müsse, dergleichen festzustellen. Die Honig, die diesen Glauben nicht gern zerstören wollte, beschränkte sich darauf, die Korrektheit von Mr. Nelsons A anzuzweifeln und diesem seinem A eine nicht ganz statthafte Mittelstellung zwischen der englischen und schottischen Aussprache dieses Vokals zuzuerkennen, eine Bemerkung, die Treibel ganz ernsthaft hinnahm und weiter ausgesponnen haben würde, wenn er nicht im selben Moment ein leises Insschloßfallen einer der Vordertüren, also mutmaßlich das Eintreten der Kommerzienrätin, erlauscht hätte. Treibel hielt es auf diese Wahrnehmung hin für angezeigt, sich von der Honig zu verabschieden, und schritt wieder auf sein Arbeitszimmer zu, in das in der Tat die Rätin eben eingetreten war. Das auf einem Tablett wohl arrangierte Frühstück stand schon da.

»Guten Morgen, Jenny ... Wie geruht?«

»Doch nur passabel. Dieser furchtbare Vogelsang hat wie ein Alp auf mir gelegen.«

»Ich würde gerade diese bildersprachliche Wendung doch zu vermeiden suchen. Aber wie du darüber denkst ... Im übrigen wollen wir das Frühstück nicht lieber draußen nehmen?«

Und der Diener, nachdem Jenny zugestimmt und ihrerseits auf den Knopf der Klingel gedrückt hatte, erschien wieder, um das Tablett auf einen der kleinen, in der Veranda stehenden Tische hinauszutragen. »Es ist gut, Friedrich«, sagte

Treibel und schob jetzt höchst eigenhändig eine Fußbank heran, um es dadurch zunächst seiner Frau, zugleich aber auch sich selber nach Möglichkeit bequem zu machen. Denn Jenny bedurfte solcher Huldigungen, um bei guter Laune zu bleiben.

Diese Wirkung blieb denn auch heute nicht aus. Sie lächelte, rückte die Zuckerschale näher zu sich heran und sagte, während sie die gepflegte weiße Hand über den großen Blockstücken hielt: »Eins oder zwei?«

»Zwei, Jenny, wenn ich bitten darf. Ich sehe nicht ein, warum ich, der ich zur Runkelrübe, Gott sei Dank, keine Beziehungen unterhalte, die billigen Zuckerzeiten nicht fröhlich mitmachen soll.«

Jenny war einverstanden, tat den Zucker ein und schob gleich danach die kleine, genau bis an den Goldstreifen gefüllte Tasse dem Gemahl mit dem Bemerken zu: »Du hast die Zeitungen schon durchgesehen? Wie steht es mit Gladstone?«

Treibel lachte mit ganz ungewöhnlicher Herzlichkeit. »Wenn es dir recht ist, Jenny, bleiben wir vorläufig noch diesseits des Kanals, sagen wir in Hamburg oder doch in der Welt des Hamburgischen, und transponieren uns die Frage nach Gladstones Befinden in eine Frage nach unserer Schwiegertochter Helene. Sie war offenbar verstimmt, und ich schwanke nur noch, was in ihren Augen die Schuld trug. War es, daß sie selber nicht gut genug placiert war, oder war es, daß wir Mr. Nelson, ihren uns gütigst überlassenen oder, um es berlinisch zu sagen, ihren uns aufgepuckelten Ehrengast, so ganz einfach zwischen die Honig und Corinna gesetzt hatten?«

»Du hast eben gelacht, Treibel, weil ich nach Gladstone fragte, was du nicht hättest tun sollen, denn wir Frauen dürfen so was fragen, wenn wir auch was ganz anderes meinen; aber ihr Männer dürft uns das nicht nachmachen wollen. Schon deshalb nicht, weil es euch nicht glückt oder doch jedenfalls noch weniger als uns. Denn soviel ist doch gewiß und kann dir nicht entgangen sein, ich habe niemals einen entzückteren Menschen gesehen als den guten Nelson; also wird Helene wohl nichts dagegen gehabt haben, daß wir ihren Protégé geradeso placierten, wie geschehen. Und wenn das auch eine ewige Eifersucht ist zwischen ihr und Corinna, die sich, ihrer Meinung nach, zuviel herausnimmt und ...«

»... Und unweiblich ist und unhamburgisch, was nach ihrer Meinung so ziemlich zusammenfällt ...«

»... So wird sie's ihr gestern«, fuhr Jenny, der Unterbrechung nicht achtend, fort, »wohl zum erstenmal verziehen haben, weil es ihr selber zugute kam oder ihrer Gastlichkeit, von der sie persönlich freilich so mangelhafte Proben gegeben hat. Nein, Treibel, nichts von Verstimmung über Mr. Nelsons Platz. Helene schmollt mit uns beiden, weil wir alle Anspielungen nicht verstehen wollen und ihre Schwester Hildegard noch immer nicht eingeladen haben. Übrigens ist Hildegard ein lächerlicher Name für eine Hamburgerin. Hildegard heißt man in einem Schlosse mit Ahnenbildern oder wo eine weiße Frau spukt. Helene schmollt mit uns, weil wir hinsichtlich Hildegards so schwerhörig sind.«

»Worin sie recht hat.«

»Und ich finde, daß sie darin unrecht hat. Es ist eine Anmaßung, die an Insolenz grenzt. Was soll das heißen? Sind wir in einem fort dazu da, dem Holzhof und seinen Angehörigen Honneurs zu machen? Sind wir dazu da, Helenens und ihrer Eltern Pläne zu begünstigen? Wenn unsre Frau Schwiegertochter durchaus die gastliche Schwester spielen will, so kann sie Hildegard ja jeden Tag von Hamburg her verschreiben und das verwöhnte Püppchen entscheiden lassen, ob die Alster bei der Uhlenhorst oder die Spree bei Treptow schöner ist. Aber was geht uns das alles an? Otto hat seinen Holzhof so gut wie du deinen Fabrikhof, und seine Villa finden viele Leute hübscher als die unsre, was auch zutrifft. Unsre ist beinah altmodisch und jedenfalls viel zu klein, so daß ich oft nicht aus noch ein weiß. Es bleibt dabei, mir fehlen wenigstens zwei Zimmer. Ich mag davon nicht viel Worte machen, aber wie kommen wir dazu, Hildegard einzuladen, als ob uns daran läge, die Beziehungen der beiden Häuser aufs eifrigste zu pflegen, und wie wenn wir nichts sehnlicher wünschten, als noch mehr Hamburger Blut in die Familie zu bringen …«

»Aber Jenny …«

»Nichts von ›aber‹, Treibel. Von solchen Sachen versteht ihr nichts, weil ihr kein Auge dafür habt. Ich sage dir, auf solche Pläne läuft es hinaus, und deshalb sollen wir die Einladenden sein. Wenn Helene Hildegarden einlädt, so bedeutet das so wenig, daß es nicht einmal die Trinkgelder wert ist, und die neuen Toiletten nun schon gewiß nicht. Was hat es für eine Bedeutung, wenn sich zwei Schwestern wiedersehen? Gar keine, sie passen nicht mal zusammen und schrauben sich beständig; aber wenn *wir* Hildegard einladen, so heißt das, die Treibels sind unendlich entzückt über ihre erste Hamburger Schwiegertochter und würden es für ein Glück und eine Ehre ansehen, wenn sich das Glück erneuern und verdoppeln und Fräulein Hildegard Munk Frau Leopold Treibel werden wollte. Ja, Freund, darauf läuft es hinaus. Es ist eine abgekartete Sache. Leopold soll Hildegard oder eigentlich Hildegard soll Leopold heiraten; denn Leopold ist bloß passiv und hat zu gehorchen. Das ist das, was die Munks wollen, was Helene will, und was unser armer Otto, der, Gott weiß es, nicht viel sagen darf, schließlich auch wird wollen müssen. Und weil wir zögern und mit der Einladung nicht recht heraus wollen, deshalb schmollt und grollt Helene mit uns und spielt die Zurückhaltende und Gekränkte und gibt die Rolle nicht einmal auf an einem Tage, wo ich ihr einen großen Gefallen getan und ihr den Mr. Nelson hierher eingeladen habe, bloß damit ihr die Plättbolzen nicht kalt werden.«

Treibel lehnte sich weiter zurück in den Stuhl und blies

kunstvoll einen kleinen Ring in die Luft. »Ich glaube nicht, daß du recht hast. Aber wenn du recht hättest, was täte es? Otto lebt seit acht Jahren in einer glücklichen Ehe mit Helenen, was auch nur natürlich ist; ich kann mich nicht entsinnen, daß irgendwer aus meiner Bekanntschaft mit einer Hamburgerin in

einer unglücklichen Ehe gelebt hätte. Sie sind alle so zweifelsohne, haben innerlich und äußerlich so was ungewöhnlich Gewaschenes und bezeugen in allem, was sie tun und nicht tun, die Richtigkeit der Lehre vom Einfluß der guten Kinderstube. Man hat sich ihrer nie zu schämen, und ihrem zwar bestrittenen, aber im stillen immer gehegten Herzenswunsche, ›für eine Engländerin gehalten zu werden‹, diesem Ideale kommen sie meistens sehr nah. Indessen das mag auf sich beruhen. Soviel steht jedenfalls fest, und ich muß es wiederholen, Helene Munk hat unsern Otto glücklich gemacht, und es ist mir höchst wahrscheinlich, daß Hildegard Munk unsren Leopold auch glücklich machen würde, ja noch glücklicher. Und wär' auch keine Hexerei, denn einen besseren Menschen als unsren Leopold gibt es eigentlich überhaupt nicht; er ist schon beinah eine Suse …«

»Beinah?« sagte Jenny. »Du kannst ihn dreist für voll nehmen. Ich weiß nicht, wo beide Jungen diese Milchsuppenschaft herhaben. Zwei geborene Berliner, und sind eigentlich, wie wenn sie von Herrnhut oder Gnadenfrei kämen. Sie haben doch beide was Schläfriges, und ich weiß wirklich nicht, Treibel, auf wen ich es schieben soll …«

»Auf mich, Jenny, natürlich auf mich …«

»Und wenn ich auch sehr wohl weiß«, fuhr Jenny fort, »wie nutzlos es ist, sich über diese Dinge den Kopf zu zerbrechen, und leider auch weiß, daß sich solche Charaktere nicht ändern lassen, so weiß ich doch auch, daß man die Pflicht hat, da zu helfen, wo noch geholfen werden kann. Bei Otto haben wir's versäumt und haben zu seiner eignen Temperamentlosigkeit diese temperamentlose Helene hinzugetan, und was dabei herauskommt, das siehst du nun an Lizzi, die doch die größte Puppe ist, die man nur sehen kann. Ich glaube, Helene wird sie noch, auf Vorderzähnezeigen hin, englisch abrichten. Nun, meinetwegen. Aber ich bekenne dir, Treibel, daß ich an *einer* solchen Schwiegertochter und *einer* solchen Enkelin gerade genug habe, und daß ich den armen Jungen, den Leopold, etwas passender als in der Familie Munk unterbringen möchte.«

»Du möchtest einen forschen Menschen aus ihm machen, einen Kavalier, einen sportsman …«

»Nein, einen forschen Menschen nicht, aber einen Menschen überhaupt. Zum Menschen gehört Leidenschaft, und wenn er eine Leidenschaft fassen könnte, sieh, das wäre was, das würd' ihn rausreißen, und sosehr ich allen Skandal hasse, ich könnte mich beinah freuen, wenn's irgend so was gäbe, natürlich nichts Schlimmes, aber doch wenigstens was Apartes.«

»Male den Teufel nicht an die Wand, Jenny. Daß er sich aufs Entführen einläßt, ist mir, ich weiß nicht, soll ich sagen leider oder glücklicherweise, nicht sehr wahrscheinlich; aber man hat Exempel von Beispielen, daß Personen, die zum Entführen durchaus nicht das Zeug hatten, gleichsam, wie zur Strafe dafür, entführt *wurden*. Es gibt ganz verflixte Weiber, und Leopold ist gerade schwach genug, um vielleicht einmal in den Sattel einer armen und etwas emanzipierten Edeldame, die natürlich auch Schmidt heißen kann, hineingehoben und über die Grenze geführt zu werden …«

»Ich glaub es nicht«, sagte die Kommerzienrätin, »er ist leider auch dafür zu stumpf.« Und sie war von der Ungefährlichkeit der Gesamtlage so fest überzeugt, daß sie nicht einmal der vielleicht bloß zufällig, aber vielleicht auch absichtlich gesprochene Name »Schmidt« stutzig gemacht hatte. »Schmidt«, das war nur so herkömmlich hingeworfen, weiter nichts, und in einem halb übermütigen Jugendanfluge gefiel sich die Rätin sogar in stiller Ausmalung einer Eskapade: Leopold, mit aufgesetztem Schnurrbart, auf dem Wege nach Italien und mit ihm eine Freiin aus einer pommerschen oder schlesischen Verwogenheitsfamilie, die Reiherfeder am Hut und den schottisch karierten Mantel über den etwas fröstelnden Liebhaber ausgebreitet. All das stand vor ihr, und beinah traurig sagte sie zu sich selbst: »Der arme Junge. Ja, wenn er *dazu* das Zeug hätte!«

| | |

An seine Tochter Mete schrieb Fontane am 25. August 1891: »Das Bourgeoisgefühl ist das bei uns zur Zeit maßgebende, und ich selber, der ich es gräßlich finde, bin bis zu einem gewissen Grade von ihm beherrscht.« Frau Jenny Treibel, geborene Bürstenbinder, ehemals Krämerstochter, nun Kommerzienrätin, lässt bei den Abendgesellschaften in ihrer Fabrikantenvilla (die ihr mittlerweile aber schon wieder »viel zu klein« geworden ist) die Poesie als höchstes aller Lebensgefühle feiern. Wenn ihr Hausfreund, der alternde Startenor Krola, die Liedzeile intoniert »Wo sich Herz zum Herzen find't« (Fontane hat sie dem Roman als ironischen Untertitel hinzugefügt), dann ist sie zu Tränen gerührt. Im »wirklichen« Leben muss die Poesie aber merkantilen Interessen den Vortritt lassen: »In eine Herzogsfamilie kann man allenfalls hineinkommen, in eine Bourgeoisfamilie nicht.«

Der 1893 erschienene Roman umkreist das Fontane-Thema »Ehe« in verschiedenen Paar-Konstellationen: Sie reichen von den alten Treibels, der Ehe ihres Sohnes bis hin zu den Erinnerungen der alten Schmolke an ihren verstorbenen Mann: »Aber heiraten is ja nich bei Renz in'n Zirkus.« Das Herzstück des Romans bildet eine Landpartie, für Fontane-Freunde ein Déjà-vu-Erlebnis. Oder in seinen eigenen Worten: »Ein Vergnügen eigner Art / Ist doch eine Wasserfahrt, / Und ein Vergnügen (frage nicht wie) / Ist die Berliner Land-

partie.« Fontane lässt sie am Wirtshaus in Halensee beginnen, von dort wird ein etwa fünf Kilometer langer Spazierweg unternommen durch den Grunewald zum Forsthaus Paulsborn. Mehrstimmig wird das Thema unterwegs auch in den Gesprächen der fiktiven Paare (Corinna–Leopold, Jenny Treibel–Willibald Schmidt) fortgeführt.

Die Lokalität in Halensee existiert nicht mehr, das Restaurant »Paulsborn« am Grunewaldsee wurde bereits von den Hohenzollern geschätzt und ist heute immer noch ein beliebtes Ausflugsziel.

Die gefallenen
für König und
Vaterland
Sie ruhn
in Frieden
Gr. Beeren

»*Questionable shape*«

Brief an Martha Fontane

Berlin 8. April 84.
Potsd. Str. 134. c.

Meine liebe Mete.
Statt eines Osterstollen wenigstens einen Osterbrief. Wo wir Dich in der Ewigen Stadt suchen sollen, wissen wir noch nicht, doch, denk ich, vorläufig in dem Hôtel sopra Minerva. Da hast Du die Kirche in der Nähe, in der, glaub ich, links neben dem Altar der wunderbar schöne Christus von Michel Angelo steht (mit einem Goldschuh, weil der Vorderfuß, wenn mir recht ist, abgebrochen war), da hast Du Monte Citorio, wo sich das römische Volk zu versammeln liebte, trotzdem der Monte nicht höher und größer ist als unser Schneckenberg, da hast Du die Piazza Colonna, den Palazzo Borghese, die Post, das Café Cavour, alles so nah, daß man sich vom einen zum andern einen Guten Morgen zurufen kann. Auch eine wundervolle Konditorei ist da, wo man kleine »Bouches« kriegt, Schokoladenbiscuits mit Crême-Füllung, woneben die ganze Herrlichkeit von Kranzler-Josty nur eine Roheit oder doch höchstens ein Kultur-Anfang ist.

(...)

Und nun gleich noch eine andre kleine Geschichte, ohne weitren Zusammenhang mit dem eben Erzählten als *den*, daß es auch eine kleine Geschichte ist. Mama und ich waren gemeinschaftlich im Theater, um den »Mohr des Zaren« zu sehn. Um 10 fragt Bertha den sein Abendbrot verzehrenden Friedel,

»ob sie aufbleiben müsse oder zu Bett gehen könne?« »Gehen Sie ruhig zu Bett; die Eltern haben Hausschlüssel und Drükker.« Und Bertha geht zu Bett. Friedel holt Mama aus dem Theater ab und erzählt sein Gespräch mit Bertha. »Ja, das ist schlimm, ich habe keinen Drücker, und Papa kann vor 12 von der Zeitung nicht wieder da sein.« »Nun, dann wollen wir solange zu dem Weihen-Stephan gehn und ein Seidel trinken.« Gut. Von 11½ an stehen sie aber wieder vor der Gittertür und warten auf mich. Endlich erkennen sie mich. »Da kommt er angehupst.« »Guten Abend.« »Gott sei Dank, daß du kommst; wir können nicht in unsre Wohnung, Bertha ist zu Bett, und ich habe keinen Drücker.« »Und ich auch nicht.« Kolossale Verlegenheit. Mama merkwürdig gefaßt, weil sie noch unter dem Einfluß des Weihen-Stephan-Seidels stand. »Ja, was machen wir nun? wir können ja bei der verschlossenen Hoftür auch nicht einmal die Hintertreppe hinauf und ›bullern‹.« Friedel drang nun darauf, wir sollten mit in seine Wohnung kommen, wo *ich* mich in sein Bett und Mama sich aufs Sofa legen sollte, er aber wolle entweder auf einem Stuhl nächtigen oder zu Karl Zöllner ins Bett kriechen. Ich dankte ihm, erklärte jedoch mein »non possumus«; ich habe keine Vorliebe für andrer Leute Betten. So wurde denn beschlossen, daß Mama und ich bei Fredrichs drüben ein Unterkommen suchen sollten. Um's kurz zu machen, im letzten Moment entdeckten wir bei »Geheimerats« [Herrlich] noch Licht; also wieder ins Haus hinein, treppauf und geklingelt. Der Geheimrat erschien, und das Wort Hamlets, als er seines Vaters Geist auf sich zukommen sieht: »Thou comest in such a questionable shape«, paßte auch hier. Schönheit ist auch bei Tage nicht seine Sache. Die Gattin stand ihm zur Seite. Beide übrigens voller Güte und *er* sogar voller Humor, natürlich *seine* Sorte. Mit einem Hackebeil bewaffnet, das ich in der geheimrätlichen Küche von der Wand nahm, zogen wir nun 5 Mann hoch treppauf und bullerten zunächst. Aber Bertha schlief den Schlaf der Gerechten, und so blieb dann nichts als das Hackebeil. Es wurde zwischen die Boden-Tür geklemmt, um eine Klinse zu gewinnen, in die nun die Hände vom Geheimrat, von Friedel und mir hineinfuhren; eins, zwei, drei und mit einem ungeheuren Ruck und Krach flog die Tür auf. Sonderbarerweise war nichts zerbrochen; die nur dünne Tür hatte elastisch nachgegeben und war einfach aus dem Schloß herausgesprungen. Und nun die Hühnerstiege hinauf, um Bertha zu wecken. Ein vollkommener Sieg war erfochten, und ein mitternächtiger Schlummerpunsch war der allseitige, wohlverdiente Lohn.

(…)

Und nun lebe wohl, meine geliebte Mete, und habe ein frohes, glückliches, schönes Osterfest. Die Requisiten wenigstens sind da. Empfiehl mich allerseits. Wie immer Dein alter

Papa.

| | |

»Ein neuer Band von Briefen Theodor Fontanes ist erschienen, – etwas ganz Entzückendes. Wir haben nun beide Bände der Familienbriefe und zwei mit Briefen an seine Freunde. Sind noch mehr da? Man soll sie herausgeben!«, schrieb Thomas Mann 1910 in seinem Aufsatz Der alte Fontane. *Das Register der* Werke, Schriften und Briefe *von 1988 verzeichnet fast 6000 überlieferte Briefe, viele Korrespondenzen haben sich nicht erhalten.*

Für fast alle Briefe gilt Fontanes Diktum aus seinem Schreiben an seine Frau Emilie vom 8. August 1883: »Ich behandle das Kleine mit derselben Liebe wie das Große, weil ich den Unterschied zwischen klein und groß nicht recht gelten lasse.« Den Charme der Briefe, die oft mit Alltäglichem beginnen, machen vor allem kleine anekdotische Erzählungen oder Dialogszenen aus wie hier die Geschichte vom vergessenen »Drücker«: »Der Zauber steckt immer im Detail.«

Johann Friedr. Adolph
von der Marwitz
geboren 24. Märtz 1723.
Behrend Friedr. Aug.
von der Marwitz
geboren 3. Juny 1740.
Ihr Vater war
August Gebhard von der Marwitz Erbherr auf Friedersdorf
Seine Mutter
Helena Sophia von Loben.
Seine Mutter
Johanna Ulrica von der Goltz.
Generalmajor der Cavallerie
Ritter des Verdienstordens
Erbherr auf Friedersdorf
Erbherr auf Friedersdorf
Hoffmarschall des Königs
Starb den 19. Sept. 1793.
sah Friedrichs Heldenzeit
und kämpfte mit ihm
in allen seinen Kriegen
wählte Ungnade
wo Gehorsam nicht Ehre brachte
er starb 14. Decbr. 1781.
Seine Gemahlin
Susanna Sophie Marie Louise
von Dorville
geboren 19. July 1756.
vermählt 13. May 1776.
gestorben 2. Septbr. 1808.
Müttern ein Muster.
Dem Andenken seiner Eltern
und seines Oheims
von
F. A. L. v. d. Marwitz.

»*Wählte Ungnade, wo Gehorsam nicht Ehre brachte*«

Wanderungen / Oderland

Der *Hubertsburg*-Marwitz (Johann Friedrich Adolf) war 1723 geboren. Er trat in das Regiment Gensdarmes und avancierte von Stufe zu Stufe. Er war ein sehr braver und in großer Achtung stehender Soldat, ein feiner und gebildeter Weltmann, ein Freund der Literatur und der Kunst. Der große König schätzte ihn hoch, besonders auch, weil er das Regiment Gensdarmes fast den ganzen Siebenjährigen Krieg hindurch, statt des eigentlichen Kommandeurs, Grafen von Schwerin, mit dem größten Sukzeß geführt hatte. Bei Zorndorf war er mit unter den Besten gewesen.

So kam das Jahr 1760. Der König hatte nicht vergessen, daß es sächsische Truppen gewesen, die das Jahr vorher Schloß Charlottenburg geplündert hatten, und voll Begier nach Revanche gab er beim Einrücken in Sachsen sofort Befehl, Schloß Hubertsburg – dasselbe, das später durch den Friedensschluß berühmt wurde – zu zerstören. Das Mobiliar des Schlosses sollte dem plündernden Offiziere zufallen. Der Befehl zur Ausführung traf unsern Marwitz, der damals Oberst war. Dieser schüttelte den Kopf. Nach einigen Tagen fragte ihn der König bei Tisch, ob Schloß Hubertsburg ausgeplündert sei. »Nein«, erwiderte der Oberst. Eine andere halbe Woche verging, und der König wiederholte seine Frage, worauf dieselbe lakonische Antwort erfolgte. »Warum nicht?« fuhr der König auf. »Weil sich dies allenfalls für Offiziere eines Freibataillons schicken würde, nicht aber für den Kommandeur von Seiner Majestät Gensdarmes.« Der entrüstete König stand von der Tafel auf und schenkte das Mobiliar des Schlosses dem Obersten Quintus Icilius*, der bald darauf alles rein ausplünderte.

Bei allen Revuen nach dem Frieden war nun der König immer höchst unzufrieden, andere Offiziere wurden dem tapfern Gensdarmenobersten vorgezogen, und Marwitz forderte seinen Abschied. Der König verweigerte ihn. Neue Kränkungen blieben indes nicht aus, und Marwitz kam abermals um seine Entlassung ein. Keine Antwort. Da tat Johann Friedrich Adolf keinen Dienst mehr und blieb ein ganzes Jahr lang zu Hause. Nun lenkte der König ein und versprach ihm das nächste vakante Regiment. Aber vergeblich. Er ließ antworten: er habe so gedient, daß er sich kein passe-droit brauche gefallen zu lassen; was geschehen sei, sei geschehen und könne kein König mehr ungeschehen machen. Zugleich forderte er zum drittenmal seinen Abschied und erhielt ihn nun (1769).

Er war damals erst sechsundvierzig Jahre alt. Das Ende seines Lebens entsprach nicht dem ruhmreichen Anfang. Aller regelnden Tätigkeit und jener wohltätigen Disziplin, die der »Dienst« auf die Kräfte und Leidenschaften starker Naturen ausübt, überhoben, verfiel er einem glänzenden Müßiggange, den er nunmehr mit derselben Konsequenz und Energie wie früher seine soldatischen Tugenden durchführte. Den größten Teil des Tages verbrachte er beim Spiel. Kam er nach Friedersdorf, so war er sicher von seiner »Partie« begleitet. Unter der großen Linde, welche hinter dem Hause im Garten steht, hatte er sich eine Laube einrichten lassen. Dort saß er schon

* Nach dem Kriege wurde Quintus Icilius (eigentlich Guichard, aus einer Refugiesfamilie) oft zur königlichen Tafel gezogen. Der König fragte einst über Tisch hin: »Was hat Er denn eigentlich mitgenommen, als Er das Schloß des Grafen Brühl plünderte?«, worauf Quintus Icilius replizierte: »Das müssen Ew. Majestät am besten wissen, *wir haben ja geteilt.*«

am Morgen und spielte. Dann wurde mit großem Aufwande getafelt, viel und gut und lange getrunken, bis der Abend die Beschäftigung des Morgens wieder aufnahm. Er besaß eine höchst wertvolle Bibliothek, die sich noch jetzt im Friedersdorfer Schloß befindet. Alle diese Bücher hatte er, partienweise, dem Quintus Icilius im Spiel abgewonnen und sich dadurch nachträglich und auf dem Wege Rechtens in Besitz *derselben Bibliothek gesetzt*, deren Fortführung aus Schloß Hubertsburg er, als unwürdig eines Marwitz und Obersten der Gensdarmes, verweigert hatte. Dieser Johann Friedrich Adolf, oder der Hubertsburg-Marwitz, wie wir ihn genannt haben, starb 1781. Die Friedersdorfer Kirche bewahrt sein Andenken durch einen Grabstein, auf dem wir die Worte lesen: »Johann Friedrich Adolf. Er sah Friedrichs Heldenzeit und kämpfte mit ihm in allen seinen Kriegen. *Wählte Ungnade, wo Gehorsam nicht Ehre brachte.*«

| | |

»Im Frühjahr 1962, als ich zum ersten Mal als Gastprofessor an die Freie Universität Berlin kam«, erzählte Gordon A. Craig, »fand ich in der Buchhandlung Elwert und Meurer an der Hauptstraße in der Nähe des Innsbrucker Platzes ein schöne einbändige Ausgabe von Fontanes Wanderungen durch die Mark Brandenburg. *(…) Bei mehr als einer Gelegenheit war ich versucht, diese Lektüre aufzugeben, aber dann wurde ich doch wieder durch Fontanes Begeisterung mitgerissen. Schließlich las ich mit zunehmendem Vergnügen und dem Wunsch nach mehr, so daß ich, nach dem ich Hürlimanns gekürzte Ausgabe gelesen hatte, mir die Nymphenburger Ausgabe des Gesamtwerks bestellte – für einen Schotten ein kühnes Unternehmen – und in ihr alles fand, was dort fehlte. Eine Folge meiner lustvollen Abende – denn das genau waren sie – war, daß ich sehr bald all das sehen wollte, worüber ich gelesen hatte.«*

Das Oderbruch, eine Auenlandschaft westlich der Oder von Freienwalde bis Frankfurt, ist nicht nur eine der Zielregionen der Wanderungen durch die Mark Brandenburg, *sondern auch Schauplatz zweier Fontane-Romane:* Vor dem Sturm *und* Unterm Birnbaum. *Die Herren von der Marwitz entstammen einem der ältesten brandenburgischen Adelsgeschlechter, ihr Herrschaftsgebiet war die Neumark östlich der Oder, sie standen als hohe Offiziere im preußischen Militärdienst. Nach 1945 verblieb ein kleines Restgebiet der Neumark in Brandenburg, darunter auch Friedersdorf, heute Ortsteil der Gemeinde Vierlinden in Märkisch-Oderland. Das Schloss Friedersdorf wurde 1956 als »Hort der Reaktion« gesprengt, der von Fontane beschriebene Grabstein kann aber in der dortigen Dorfkirche nach Voranmeldung besichtigt werden. Nachfahren des »Ungehorsamen« sind seit 1990 wieder in Friedersdorf ansässig.*

Unwiederbringlich

Nun war Ende September 1859 und die Ernte längst herein. Die ringsumher unter dem Säulengange nistenden Schwalben waren fort, eine Brise ging, und das Flaggentuch oben auf dem Flachdache schlug träge hin und her. Man saß unter der Fronthalle, den Blick aufs Meer, den großen Eßsaal, dessen hohe Glastür aufstand, im Rücken, während die Dobschütz den Kaffee bereitete. Neben der Dobschütz, an einem anderen Tisch, hatte die Gräfin Platz genommen im Gespräch mit dem Seminardirektor Schwarzkoppen, der vor einer halben Stunde mit Baron Arne von Arnewiek herübergekommen war, um des schönen Tages in dem gastlichen Holkschen Hause zu genießen. Arne selbst schritt mit seinem Schwager Holk auf den Steinfliesen auf und ab und blieb mitunter stehen, weil das Bild vor ihm ihn fesselte: Fischerboote fuhren zum Fange hinaus, das Meer kräuselte sich leis, und der Himmel hing blau darüber. Keine Wolke war sichtbar, und nichts sah man als die schwarz am Horizont hinziehende Rauchfahne eines Dampfers.

»Du hattest doch recht, Schwager«, sagte Arne, »als du hier hinaufzogst und dir deinen ›Tempel‹ an dieser Stelle bautest. Ich war damals dagegen, weil mir Ausziehen und Wohnungswechsel als etwas Ungehöriges erschien, als etwas Modernes, das sich …«

»… Das sich nur für Proletarier und Beamte schicke, so sagtest du damals.«

»Ja, so was Ähnliches wird es wohl gewesen sein. Aber ich habe mich inzwischen in manchem bekehrt und auch darin. Indessen, es sei, wie's sei, soviel steht mir fest, wenn ich auch politisch und kirchlich, und selbst landwirtschaftlich, was für unsereinen doch eigentlich immer die Hauptsache bleibt, derselbe geblieben wäre, das müßt' ich doch einräumen, es ist entzückend hier oben und so windfrisch und gesund. Ich glaube, Holk, als du hier einzogst, hast du dir fünfzehn Jahre Leben zugelegt.«

In diesem Augenblick ward ihm von einem alten Diener in Gamaschen, der noch vom Vater des Grafen her mit übernommen war, der Kaffee präsentiert, und beide nahmen und tranken.

»Deliziös«, sagte Arne. »Freilich etwas zu gut, besonders für dich, Holk; solcher Kaffee wie der zieht wieder fünf Jahre von den fünfzehn ab, die ich dir eben zugesprochen, und die philiströse, wenn auch höchst bemerkenswerte Homöopathie, die, wie du weißt, von Mokka und Java nichts wissen will, würde vielleicht noch stärker subtrahieren. Apropos Homöopathie. Hast du denn schon von dem homöopathischen Veterinärarzt gehört, den wir seit ein paar Wochen in Lille-Grimsby haben? …«

Und langsam auf- und abschreitend, fuhren beide Schwäger in ihrem Gespräche fort.

Ein sehr anderes Thema behandelte mittlerweile die Gräfin in ihrer Unterredung mit Seminardirektor Schwarzkoppen, der vor Jahr und Tag erst aus seiner Wernigeroder Pfarre hierher nach Schleswig-Holstein verschlagen und an das Arnewieker Seminar berufen worden war. Er hatte den Ruf und das Ansehen einer positiven kirchlichen Richtung; was der Gräfin aber fast mehr bedeutete, war das, daß Schwarzkoppen zugleich Autorität in Schul- und Erziehungsfragen war, in Fragen also, die sich seit kurzem zu brennenden Fragen für die Gräfin gestaltet hatten. Denn Asta war sechzehn, Axel beinahe fünfzehn Jahre. Schwarzkoppen, auch eben jetzt wieder in dieser diffizilen Frage zu Rate gezogen, antwortete sehr vorsichtig und als die Gräfin merkte, daß er, vielleicht mit Rücksicht auf Holk, nicht unbedingt auf ihre Seite treten wollte, ließ sie das Gespräch wieder fallen, wenn auch ungern, und wandte sich einem anderen, schon öfter mit dem Direktor verhandelten Lieblingsplane zu, der Errichtung einer Familiengruft.

»Nun, wie steht es damit?« sagte Schwarzkoppen, der froh war, aus der Erziehungsfrage heraus zu sein.

»Ich habe«, sagte Christine, »die Sache noch immer nicht besprechen mögen, weil ich mich vor einer Ablehnung von seiten Holks fürchte.«

»Das ist nicht gut, gnädigste Gräfin. Solche Furcht ist immer vom Übel; sie will dem Frieden dienen, aber eigentlich dient sie nur der Verstimmung und dem Kriege. Und zu beidem ist kein Grund. Sie müssen, wenn bessere Beweggründe nicht zu haben sind, auf seine Liebhabereien rechnen. Hat er doch, wie Sie mir selber oft versichert, die Baupassion.«

»Ja, die hat er«, bestätigte die Gräfin. »Dies Schloß ist dessen ein Zeugnis und Beweis, denn es war eigentlich unnötig; ein Umbau hätte dasselbe getan. Aber so gerne er baut, so bevorzugt er doch das eine vor dem anderen, und was ich vorhabe, wird seinen Beifall kaum haben. Ich wette, daß er lieber eine Halle bauen würde, darin man Federball spielen kann oder, wie das jetzt Mode ist, auf Rollschuhen Schlittschuh laufen, jedenfalls alles lieber als irgendwas, was mit Kirche zusammenhängt. Und nun gar eine Gruft bauen. Er denkt nicht gern an Sterben und schiebt das, was man so schön und sinnig ›sein Haus bestellen‹ heißt, gerne hinaus.«

»Ich weiß«, sagte Schwarzkoppen. »Aber Sie dürfen nicht vergessen, daß auch all seine liebenswürdigen Eigenschaften mit dieser Schwäche zusammenhängen.«

»Seine liebenswürdigen Eigenschaften«, wiederholte sie. »Ja, die hat er, fast zu viel, wenn man von liebenswürdigen Eigenschaften je zu viel haben kann. Und wirklich, er wäre das Ideal von einem Manne, wenn er überhaupt Ideale hätte. Verzeihen Sie diese Wortspielerei, sie drängt sich mir aber auf, weil es so und nicht anders liegt, und ich muß es noch einmal sagen, er denkt nur an den Augenblick und nicht an das, was kommt. Jeglichem, was ihn daran erinnern könnte, geht er aus dem Wege. Seit wir unseren Estrid begruben, ist er noch nicht in der Gruft gewesen. So weiß er auch nicht, daß beinahe alles einzustürzen droht. Und doch ist es so, und die neue Gruft muß gebaut werden. Muß, sag ich, und wenn ich nicht alles Spitze und Verletzliche vermeiden möchte, so würd' ich ihm sagen, es handle sich gar nicht darum, den Reigen durch *ihn* eröffnet zu sehen, *ich* wolle es ...«

Schwarzkoppen wollte unterbrechen, aber Christine achtete dessen nicht und fuhr, ihre letzten Worte wiederholend, fort: »Ich wolle es; aber ich müsse darauf bestehen, meinerseits in eine Wohnung einzuziehen, die mir gefiele, nicht in eine, darin alles zerbröckelt und zerfallen sei ... Doch lassen wir Vermutungen über das, was ich sagen oder nicht sagen würde; mir liegt für den Augenblick mehr daran, Ihnen eine auf meinen Bauplan bezügliche Aquarelle vorzulegen, die mir die Dobschütz in den letzten Tagen angefertigt hat. Natürlich auf meinen Wunsch; sie zeichnet so gut. Es ist eine offene Halle, gotisch, und die Steine, die den Fußboden bilden, decken zugleich die Gruft. Worauf ich aber das meiste Gewicht lege (die kleine Zeichnung läßt natürlich nur wenig davon erkennen), das ist der Bilderschmuck an Wand und Decke. Die Längswand mit einem Totentanz, vielleicht unter Anlehnung an den in Lübeck, und in den Gewölbekappen Engel und Palmenzweige. Je schöner, desto besser. Und wenn wir erste Künstler nicht haben können, weil unsere Mittel dafür nicht ausreichen, so zweite und dritte; schließlich ist doch der Gedanke die

Hauptsache. Liebe Julie, verzeih, daß ich dich bemühe. Aber bring uns das Blatt …«

Holk und Arne hatten inzwischen ihren Gang unter der Säulenhalle fortgesetzt und waren zuletzt auf einen Kiesweg zugeschritten, der in einer Schlängellinie bis an die nächsten Stufen der zur See niedersteigenden Terrasse lief.
An eben dieser Stelle befand sich auch ein aus Zypressen und Lorbeer gebildetes Boskett, mit einer Marmorbank in Front, und hier setzten sich die beiden Schwäger, um ungestört ihre Zigarre rauchen zu können, was die Gräfin, wenn man unter der Halle saß, zwar nie verbot, aber auch nicht eigentlich gestattete. Das Gespräch beider drehte sich sonderbarerweise noch immer um das Wunder von Tierarzt, was ziemlich unerklärlich gewesen wäre, wenn nicht Holk, außer seiner Bauleidenschaft, auch noch eine zweite Passion gehabt hätte: die für schönes Vieh. Er war kein großer Landwirt wie sein Schwager Arne, ja, tat sich was damit, es *nicht* zu sein; aber auf sein Vieh hielt er doch, fast nach Art eines Sportsman, und freute sich, es bewundert zu sehen und dabei von mirakelhaften Milcherträgen erzählen zu können. Aus diesem Grunde war ihm der neue Veterinärarzt eine wirklich wichtige Persönlichkeit, und nur die homöopathische Heilmethode desselben ließ immer wieder einige Bedenken in ihm aufsteigen. Aber Arne schnitt diese Bedenken ab. Das sei ja gerade das Interessanteste an der Sache, daß der neue Doktor nicht bloß gute Kuren mache, das könnten andere auch, sondern *wie* er sie mache und *wodurch*. Die ganze Geschichte bedeute nicht mehr und nicht weniger als den endlichen Triumph eines neuen Prinzips, erst von der Viehpraxis her datiere der nicht mehr anzuzweifelnde Sieg der Homöopathie. Bis dahin seien die Quacksalber alten Stils nicht müde geworden, von der Macht der Einbildung zu sprechen, was natürlich heißen sollte, daß die Streukügelchen nicht als solche heil-

ten; eine schleswigsche Kuh aber sei, Gott sei Dank, frei von Einbildungen, und wenn sie gesund würde, so würde sie gesund durch das Mittel und nicht durch den Glauben. Arne verbreitete sich noch des weiteren darüber, zugleich hervorhebend, daß es sich bei den Kuren des neuen, beiläufig aus dem Sächsischen stammenden Doktors allerdings auch noch um andere Dinge handele, die mit Allopathie oder Homöopathie nichts Direktes zu schaffen hätten. Unter diesen Dingen stehe die durchgeführteste, schon den Luxus streifende Reinlichkeit obenan, also immer neue Stallbauten und unter Umständen selbst ein Operieren mit Marmorkrippen und vernickelten Raufen. Holk hörte das alles mit Entzücken und empfand so große Lust, mit Christine darüber zu sprechen, daß er die Zigarre wegtat und auf die Säulenhalle zurückschritt.

»Ich höre da eben interessante Dinge, Christine. Dein Bruder erzählt mir von homöopathischen Kuren eines neuen sächsischen Veterinärdoktors, der in Leipzig seine Studien gemacht hat. Ich betone Leipzig, weil es Hochburg der Homöopathie ist. Wahre Wunderkuren! …

Sagen Sie, Schwarzkoppen, wie stehen *Sie* zu der Sache? Die Homöopathie hat so etwas Geheimnisvolles, Mystisches, interessant genug, und in ihrer Mystik eigentlich ein Thema für Christine.«

Schwarzkoppen lächelte. »Die Homöopathie verzichtet, soviel ich weiß, auf alles Geheimnisvolle oder gar Wunderbare. Es ist einfach eine Frage von viel oder wenig und ob man mit einem Gran so weit kommen kann wie mit einem halben Zentner.«

»Versteht sich«, sagte Holk. »Und dann gibt es noch einen Satz ›similia similibus‹, worunter sich jeder denken kann, was er will. Und mancher denkt sich gar nichts dabei, wohin wohl auch unser tierärztlicher Pfiffikus und Mann der Aufklärung gehören wird. Er gibt seine Streukügelchen und ist im übrigen, als Hauptsache, für Stallreinlichkeit und Marmorkrippen, und ich möchte sagen, die Tröge müssen so blank sein wie ein Taufbecken.«

»Ich glaube, Helmuth, daß du deine Vergleiche rücksichtsvoller wählen könntest, schon um meinetwillen, namentlich aber in Schwarzkoppens Gegenwart.«

»Zugestanden. Übrigens alles ipsissima verba des neuen Wunderdoktors, Worte, die dein Bruder zitierte, wobei freilich nicht bestritten werden soll, daß es sich auch für den Doktor empfehlen würde, solche Vergleiche lieber nicht zu brauchen, zumal er Konvertit ist. Er heißt nämlich Lissauer.«

Schwarzkoppen und Christine wechselten Blicke.

»Wenn er übrigens auf den Hof kommt, so lad' ich ihn unten in der Inspektorwohnung zum Lunch. Hier oben ...«

»Ist er entbehrlich.«

»Ich weiß, und du darfst unbesorgt sein. Aber ich rechne es ihm an, daß er selbständige Gedanken hat und den Mut der Aussprache. Das mit den Marmorkrippen ist natürlich mehr oder weniger Torheit und nichts als ein orientalischer Vergleich, den man ihm zugute halten muß. Aber mit der Forderung der Reinlichkeit so ganz im allgemeinen, damit hat er doch recht. Meine Ställe, die noch sämtlich aus dem Ende des vorigen Jahrhunderts sind, müssen fort, und ich freue mich, endlich eine Veranlassung und einen Sporn zu haben, mit dem alten Unwesen aufzuräumen.«

Die Gräfin schwieg und suchte mit der Nadel in den Seidenfäden, die vor ihr auf dem Tische lagen.

Den Grafen verdroß dies Schweigen. »Ich dachte, du würdest mir deine Zustimmung ausdrücken.«

»Es sind Wirtschaftssachen, in denen ich, was auch beliebt wird, nicht mitzusprechen habe. Hältst du Marmorkrippen oder ähnliches für nötig, so werden sie sich finden, und wenn es in Carrara wäre.«

»Was läßt dich wieder so bitter sprechen, Christine?«

»Verzeih, Helmuth, aber es trifft sich unglücklich. Eben hab' ich mit Schwarzkoppen über Dinge gesprochen, die mir mehr am Herzen liegen, übrigens *auch* Bausachen, und im selben Augenblick willst du Ställe bauen, Ställe …«

»Freilich will ich das. Du vergißt immer, Christine, wenn du auch nicht mitsprechen willst, wie du eben sagtest, du vergißt immer, daß ich in erster Reihe Landwirt bin, und für einen Landwirt ziemt sich eben das Landwirtschaftliche. Das Landwirtschaftliche ist die Hauptsache.«

»Nein, die Hauptsache ist es *nicht*.«

»Nun, was denn?«

»Es ist ein Unglück und ein Schmerz für mich, daß ich das Selbstverständliche dir gegenüber noch immer wieder hervorheben muß.«

»Ach, ich verstehe. Die Kirche soll ausgebaut werden oder ein Schwesternasyl oder ein Waisenhaus. Und dann ein Campo santo, und dann wird der ganze Cornelius aufgekauft und in Wasserfarben an die Wand gemalt …«

Es war sehr selten, daß der Graf zu solchen Worten seine Zuflucht nahm; aber es gab ein paar Punkte, wo Verstimmung und Gereiztheit sofort über ihn kamen und ihn die feinen Umgangsformen vergessen ließen, deren er sich sonst rühmen durfte. Sein Schwager wußte das und schritt deshalb rasch ein, um das Gespräch in andere Wege zu leiten, wozu sein guter Humor ihn jederzeit befähigte.

»Schwester, Schwager, ich meinerseits denke, das eine tun und das andere nicht lassen. Da habt ihr meine Weisheit und den Frieden dazu. Zudem, Holk, du weißt noch nicht einmal, um was es sich handelt.«

Holk lachte gutmütig.

| | |

Wie Effi Briest *oder* L'Adultera *ist auch* Unwiederbringlich *ein Roman über Ehe und Ehebruch, der mit dem Tod der weiblichen Hauptperson endet. Er ist 1891 erschienen, spielt kurz vor dem Ausbruch des deutsch-dänischen Krieges 1864. Christine Gräfin Holk und ihr Ehemann Helmuth, Landwirt in Nordschleswig und Kammerherr der dänischen Krone, sind sich nach 17 Ehejahren fremd geworden: »Du bist leichtlebig und schwankend und wandelbar, und ich habe den melancholischen Zug und nehme das Leben schwer.« Bei einer seiner Reisen nach Dänemark verführt ihn die attraktive Ebba Rosenberg. Graf und Gräfin Holk lassen sich scheiden, Ebba weist aber den Heiratsantrag von Holk ab: »In der Liebe regiert der Augenblick.« Nach zwei Jahren heiratet das gräfliche Paar erneut, aber das Liebesglück der ersten Jahre ist unwiederbringlich verloren. In dem zweimal rezitierten und von Christine über die Maßen geschätzten Gedicht von Wilhelm Waiblinger heißt es: »Wer haßt, ist zu bedauern, / Und mehr noch fast, wer liebt.«*

Fontane hatte ein Faible für Geistliche, denen »das Menschlich-Christliche näher steht als das Kirchlich-Überlieferte« (Helmuth Nürnberger). In Unwiederbringlich *ist es der Seminardirektor, später Generalsuperintendent Schwarzkoppen, der zwischen den Ehepartnern zu vermitteln sucht. In anderen Romanen heißen sie Lorenzen (*Der Stechlin*), Niemeyer (*Effi Briest*) oder Gigas (*Grete Minde*). In* Von Zwanzig bis Dreißig *resümierte der Autor: »Sonderbarerweise aber hat es sich für mich immer so getroffen, daß ich unter Muckern, Orthodoxen und Pietisten (…) meine angenehmsten Tage verlebt habe.«*

In Kätner Posts Garten

Wanderungen / Spreewald

Es war inzwischen Nachmittag geworden, und wir schickten uns zur Weiterfahrt an. Noch viel war zu sehen: die Dörfer Burg und Leipe, und in der Nähe des ersteren ein Stück Hügelland, darauf das Schloß des letzten Wendenkönigs gestanden haben soll.

Die Kanäle vor und neben uns wurden immer flacher und seichter, endlich saßen wir fest. »Es geht nicht«, murmelte Bootführer Birkig. »Es *muß* gehn«, erwiderte der Kantor wie Blücher auf dem Marsche nach Waterloo. Und siehe da, es ging.

Aber nicht auf lange, die Richtung war uns verlorengegangen, und wir wären mit unserem »frisch Wasser unterm Kiel« um nichts gebessert gewesen, wenn nicht der Kantor – unser Columbus jetzt – unerschütterlich gegen Westen gezeigt und einer beinah meuternden Mannschaft gegenüber auf seinem Willen bestanden hätte. Zwar war es zunächst ein allerschlimmster Platz, an den wir gelangten, ein Wasserkreuzweg, von dem aus Kanälchen und kleine Flußarme nach den verschiedensten Seiten hin abzweigten, aber dieser Moment äußerster Not und Verwirrung bezeichnete doch auch zugleich den Moment unserer Rettung. Just an der Stelle, wo zwei Flußarme fast in spitzem Winkel einander berührten, stand ein Bauern- oder Kätnerhaus, dessen weißgetünchtes Fachwerk aus Geißblatt und Fischernetzen freundlich hervorblickte, während sich uns in Front des Hauses, in einem halb ans Ufer gezogenen Kahn, ein streng und doch zugleich auch freundlich aussehender Mann präsentierte, der, von ebendiesem Kahn aus, dem Treiben seiner im Flusse badenden und nach allen Seiten hin jubelnd umherplätschernden Kinder zusah. Es waren ihrer sieben, das älteste elf, das jüngste kaum vier Jahr alt, und aus Lachen und Kinderunschuld wob sich hier ein Bild, das uns auf Augenblicke glauben machte, wir sähen in eine feenhafte Welt. Und daß wir diese Welt nicht störten, das war ihr höchster Zauber. Ungeängstigt und von keiner Scham überkommen, spielten die Kinder weiter und tauchten unter und prusteten das Wasser in die Höh wie junge Delphine. Das älteste Mädchen war eine Schönheit; ihre Augen lachten, und das lange, aufgelöste Haar schwamm wie Sonnenschein neben ihr her.

Bootführer Birkig rekolligierte sich zuerst und rief das uns sowohl wie das Bild auf einen Schlag entzaubernde Wort über das Wasser hin: »ob man uns einen Kaffee kochen wolle«. Das bereitwilligste »Ja« klang zurück, und einige Minuten später sprangen wir ans Ufer, hinter dessen Büschen jetzt die Kinder in allen Stadien der Toilette standen und lagen, eines, das jüngste, noch platt im Sande. Der im Kahne stehende Häusler oder Kätner aber, der sich uns bald danach als Kätner Post vorstellte, war uns um ein paar Schritt entgegengekommen und bat uns, in seine Wohnung einzutreten. Wir zogen indes einen Platz im Freien vor und machten es uns auf einem von Kirschbäumen beschatteten Rasenplatze bequem. Was an Tisch' und Bänken im Hause war, stand bald draußen, und zuletzt erschien auch ein blaugemustertes Kaffeeservice, das unverkennbar einer besseren Zeit angehörte. Der Kätner entstammte nämlich einer alten Spreewalds-Honoratiorenfamilie, daraus selbst Geistliche hervorgegangen waren, und ein leiser Unmut über ein gewisses Zurückgebliebensein hinter diesen historischen Rangverhältnissen lag auf seinem Gesicht. Er sprach dies auch unumwunden aus und verriet überhaupt eine Nervosität, wie man ihr bei Leuten seines Standes nur selten begegnet. Ich nahm ihn daraufhin von Anfang an für einen Konventikler und fand es bestätigt, als er eine Weile danach anfrug, ob es uns vielleicht genehm sein würde, seine Kinder ein mehrstimmiges Lied singen zu hören, auf das sie leidlich

eingeübt seien. Wir bejahten die Frage natürlich, und alsbald klang es mit jener unwiderstehlichen Innigkeit, wie sie nur Kinderstimmen eigen zu sein pflegt, durch die sommerstille Luft:

Jesu, geh voran
Auf der Lebensbahn,
Und wir wollen nicht verweilen,
Dir getreulich nachzueilen.
Führ uns an der Hand
Bis ins Vaterland.

Eine Pause trat ein, und erst als Kätner Post uns gemustert und sich über unsere Teilnahme vergewissert hatte, gab er aufs neue das Zeichen und sang nun selber mit:

Soll's uns hart ergehn,
Laß uns feste stehn
Und auch in den schwersten Tagen
Niemals über Lasten klagen,
Denn durch Trübsal hier
Geht der Weg zu dir.

Rühret eigner Schmerz
Irgend unser Herz,
Kümmert uns ein fremdes Leiden,
O so gib Geduld zu beiden,
Richte unsren Sinn
Auf das Ende hin.

Ordne unsren Gang,
Jesu, lebenslang;
Führst du uns durch rauhe Wege,
Gib uns auch die nöt'ge Pflege,
Tu uns nach dem Lauf
Deine Türe auf.

Das Lied hätte die doppelte Zahl von Strophen haben können, wir wären willig gefolgt. Es hatte jeden von uns ergriffen, am meisten den Nestor unseres Kreises, der fast verlegen vor sich nieder sah und auf unsere wiederholte Frage nach dem »Warum« endlich antwortete: »Sie sind alle bewegt durch das Lied. Ich bin es doppelt und *muß* es sein. Daß Ihnen dieses Lied hier begegnet, ist zu bescheidenem Teile mein Verdienst. Es sind jetzt gerade fünf Jahre, daß ich auf einer ähnlichen Reise wie diese in eine Dorfschule trat und das schöne Zinzendorfsche Lied in jener rhythmischen Form singen hörte, darin Sie's eben vernommen haben. In dieser Form wirkte das längst Bekannte wie neu auf mich und riß mich nicht nur fort durch seine Kraft und Innigkeit, sondern veranlaßte mich auch, es nach meiner Rückkehr in einem mir zu Gebote stehenden Fachblatte zu veröffentlichen. Ich weiß, daß es seitdem vielfach Eingang gefunden hat; hier aber trat es mir zum ersten Male wieder lebendig entgegen und bestätigte mir die Lehre: Man streue nur gute Körner aus und sorge nicht, was aus ihnen wird; *irgendwo* gehen sie auf, und wenn es im stillsten Winkel des Spreewalds wäre.«

Die Sonne neigte sich und mahnte zum Aufbruch. Noch reizende Partien kamen, aber der Höhepunkt des Festes lag hinter uns.

In Dorf Leipe, das wir auf unserem Rückweg passierten, trafen wir hauptstädtische Gesellschaft, die der wachsende Schönheitsruf des Spreewaldes herbeigelockt hatte. Wir schlossen uns ihnen an, und Boot an Boot ging es nunmehr wieder auf Lübbenau zu. Wort und Lachen klang herüber und hinüber, und ein kalter Grog, der, als die Sonne nieder war, aus Rum und Spreewaldwasser gebraut wurde, hielt die Kühle des Abends von uns fern. Aber nicht auf lange; Plaid und Paletot forderten endlich ihr Recht, und lautlos glitten die beiden Boote nebeneinander her. In die Stille hinein klang nichts mehr als der taktmäßige Ruck der Ruder und das leise Plätschern des Wassers.

Es schlug zehn von dem am Abendhimmel aufdunkelnden Turm, als wir im Schatten der Lynarschen Parkbäume wieder anlegten. Der »Braune Hirsch« nahm uns eine Viertelstunde später in seine gastlichen Betten auf, Bootführer Birkig aber ging seinem Dienste nach, um mit Horn und Spieß für Lübbenau und seine Spreewaldgäste zu wachen.

| | |

In An Bord der »Sphinx«, *einem Stück aus den* Spreeland-Wanderungen, *berichtete Fontane von einer Einladung zu einer Bootsexpedition: »›Es handelt sich, nach vorgängiger Passierung befahrener Wasserstraßen, um ein Vordringen bis zu den See- und Quellgebieten der wendischen Spree, Gebiete, die selbst Ihnen vielleicht auf ihren märkischen Wanderungen unerschlossen geblieben sind.‹ (…) Diese Zeilen versetzten mich in eine Aufregung, als ob es sich um ein Vordringen bis zu den See- und Quellgebieten des Nils gehandelt hätte. Und so wird es immer sein. Die Erfüllung eines Lieblingswunsches, sei der Wunsch selber wie er wolle, berührt uns wie Weihnachtsfreude. Das Herz bleibt ein Kind.« Über die ökonomische Seite seiner Unternehmungen schrieb Fontane im September 1859 an Emilie: »Der Spreewald hat 10 Rtl. gekostet und 21 Rtl. eingebracht, geschäftlich genommen also ein ziemlich trauriges business.«*

Der Gründer der Herrenhuter Brüdergemeine, Nikolaus Ludwig von Zinzendorf, und seine lutherisch-pietistische Reformbewegung haben zahlreiche Spuren in Fontanes Werk hinterlassen, in Quitt, *in* Vor dem Sturm *und besonders eindrücklich durch die herrenhuterisch erzogene Christine von Holk in* Unwiederbringlich. *Von Zinzendorf stammt das Tischgebet »Komm', Herr Jesu, sei Du unser Gast« ebenso wie das hier intonierte Kirchenlied »Jesu, geh voran«.*

Ein Ort wie Lehde im Spreewald mutet heute – sieht man von den touristischen Weiterungen ab – immer noch idyllisch an wie zu Fontanes Wanderzeiten. In Lübbenau kann man sich im Spreewald-Museum ausführlich über die Geschichte und Kultur der eigentümlichen Landschaft, die Wohnanlagen, den Bootsbau, die Trachten der Sorben, über Meerrettich, Gurken und Leinöl informieren. Über die Spreeland-Kapitel verlautete der Dichter: »Fast kann ich sagen: je pauvrer die Gegend, desto besser das Buch.«

68 |

»Ein weites Feld, Luise«

Effi Briest

Die Hohen-Cremmer Festtage lagen zurück; alles war abgereist, auch das junge Paar, noch am Abend des Hochzeitstages.

Der Polterabend hatte jeden zufriedengestellt, besonders die Mitspielenden, und Hulda war dabei das Entzücken aller jungen Offiziere gewesen, sowohl der Rathenower Husaren wie der etwas kritischer gestimmten Kameraden vom Alexander-Regiment. Ja, alles war gut und glatt verlaufen, fast über Erwarten. Nur Bertha und Hertha hatten so heftig geschluchzt, daß Jahnkes plattdeutsche Verse so gut wie verloren gegangen waren. Aber auch das hatte wenig geschadet. Einige feine Kenner waren sogar der Meinung gewesen, »das sei das Wahre; Steckenbleiben und Schluchzen und Unverständlichkeit – in *diesem* Zeichen (und nun gar, wenn es so hübsche rotblonde Krausköpfe wären) werde immer am entschiedensten gesiegt«. Eines ganz besonderen Triumphes hatte sich Vetter Briest in seiner selbstgedichteten Rolle rühmen dürfen. Er war als Demuthscher Kommis erschienen, der in Erfahrung gebracht, die junge Braut habe vor, gleich nach der Hochzeit nach Italien zu reisen, weshalb er einen Reisekoffer abliefern wolle. Dieser Koffer entpuppte sich natürlich als eine Riesenbonbonnière von Hövel. Bis um drei Uhr war getanzt worden, bei welcher Gelegenheit der sich mehr und mehr in eine höchste Champagnerstimmung hineinredende alte Briest allerlei Bemerkungen über den an manchen Höfen immer noch üblichen Fackeltanz und die merkwürdige Sitte des Strumpfband-Austanzens gemacht hatte, Bemerkungen, die nicht abschließen wollten und, sich immer mehr steigernd, am Ende so weit gingen, daß ihnen durchaus ein Riegel vorgeschoben werden mußte. »Nimm dich zusammen, Briest«, war ihm in ziemlich ernstem Tone von seiner Frau zugeflüstert worden; »du stehst hier nicht, um Zweideutigkeiten zu sagen, sondern um die Honneurs des Hauses zu machen. Wir haben eben eine Hochzeit und nicht eine Jagdpartie.«

Worauf Briest geantwortet, »er sähe darin keinen so großen Unterschied; übrigens sei er glücklich«.

Auch der Hochzeitstag selbst war gut verlaufen. Niemeyer hatte vorzüglich gesprochen, und einer der alten Berliner Herren, der halb und halb zur Hofgesellschaft gehörte, hatte sich auf dem Rückwege von der Kirche zum Hochzeitshause dahin geäußert, es sei doch merkwürdig, wie reich gesät in einem Staate, wie der unsrige, die Talente seien. »Ich sehe darin einen Triumph unserer Schulen und vielleicht mehr noch unserer Philosophie. Wenn ich bedenke, dieser Niemeyer, ein alter Dorfpastor, der anfangs aussah wie ein Hospitalit ... ja, Freund, sagen Sie selbst, hat er nicht gesprochen wie ein Hofprediger? Dieser Takt und diese Kunst der Antithese, ganz wie Kögel, und an Gefühl ihm noch über. Kögel ist zu kalt. Freilich ein Mann in seiner Stellung muß kalt sein. Woran scheitert man denn im Leben überhaupt? Immer nur an der Wärme.« Der noch unverheiratete, aber wohl eben deshalb zum vierten Male in einem »Verhältnis« stehende Würdenträger, an den sich diese Worte gerichtet hatten, stimmte selbstverständlich zu. »Nur zu wahr, lieber Freund«, sagte er. »Zuviel Wärme! ... ganz vorzüglich ... Übrigens muß ich Ihnen nachher eine Geschichte erzählen.«

Der Tag nach der Hochzeit war ein heller Oktobertag. Die Morgensonne blinkte; trotzdem war es schon herbstlich frisch, und Briest, der eben gemeinschaftlich mit seiner Frau das

Frühstück genommen, erhob sich von seinem Platz und stellte sich, beide Hände auf dem Rücken, gegen das mehr und mehr verglimmende Kaminfeuer. Frau von Briest, eine Handarbeit in Händen, rückte gleichfalls näher an den Kamin und sagte zu Wilke, der gerade eintrat, um den Frühstückstisch abzuräumen: »Und nun, Wilke, wenn Sie drin im Saal, aber das geht vor, alles in Ordnung haben, dann sorgen Sie, daß die Torten nach drüben kommen, die Nußtorte zu Pastors und die Schüssel mit kleinen Kuchen zu Jahnkes. Und nehmen Sie sich mit den Gläsern in acht. Ich meine die dünngeschliffenen.«

Briest war schon bei der dritten Zigarette, sah sehr wohl aus und erklärte, »nichts bekomme einem so gut wie eine Hochzeit, natürlich die eigene ausgenommen«.

»Ich weiß nicht, Briest, wie du zu solcher Bemerkung kommst. Mir war ganz neu, daß du darunter gelitten haben willst. Ich wüßte auch nicht warum.«

»Luise, du bist eine Spielverderberin. Aber ich nehme nichts übel, auch nicht einmal so was. Im übrigen, was wollen wir von uns sprechen, die wir nicht einmal eine Hochzeitsreise gemacht haben. Dein Vater war dagegen. Aber Effi macht nun eine Hochzeitsreise. Beneidenswert. Mit dem Zehnuhrzug ab. Sie müssen jetzt schon bei Regensburg sein, und ich nehme an, daß er ihr – selbstverständlich ohne auszusteigen – die Hauptkunstschätze der Walhalla herzählt. Innstetten ist ein vorzüglicher Kerl, aber er hat so was von einem Kunstfex, und Effi, Gott, unsere arme Effi, ist ein Naturkind. Ich fürchte, daß er sie mit seinem Kunstenthusiasmus etwas quälen wird.«

»Jeder quält seine Frau. Und Kunstenthusiasmus ist noch lange nicht das Schlimmste.«

»Nein, gewiß nicht; jedenfalls wollen wir darüber nicht streiten; es ist ein weites Feld. Und dann sind auch die Menschen so verschieden. Du, nun ja, du hättest dazu getaugt. Überhaupt hättest du besser zu Innstetten gepaßt als Effi. Schade, nun ist es zu spät.«

»Überaus galant, abgesehen davon, daß es nicht paßt. Unter allen Umständen aber, was gewesen ist, ist gewesen. Jetzt ist er mein Schwiegersohn, und es kann zu nichts führen, immer auf Jugendlichkeiten zurückzuweisen.«

»Ich habe dich nur in eine animierte Stimmung bringen wollen.«

»Sehr gütig. Übrigens nicht nötig. Ich *bin* in animierter Stimmung.«

»Und auch in guter?«

»Ich kann es fast sagen. Aber du darfst sie nicht verderben. Nun, was hast du noch? Ich sehe, daß du was auf dem Herzen hast.«

»Gefiel dir Effi? Gefiel dir die ganze Geschichte? Sie war so sonderbar, halb wie ein Kind, und dann wieder sehr selbstbewußt und durchaus nicht so bescheiden, wie sie's solchem Manne gegenüber sein müßte. Das kann doch nur so zusammenhängen, daß sie noch nicht recht weiß, was sie an ihm hat. Oder ist es einfach, daß sie ihn nicht recht liebt? Das wäre schlimm. Denn bei all seinen Vorzügen, er ist nicht der Mann, sich diese Liebe mit leichter Manier zu gewinnen.«

Frau von Briest schwieg und zählte die Stiche auf dem Kanevas. Endlich sagte sie: »Was du da sagst, Briest, ist das Gescheiteste, was ich seit drei Tagen von dir gehört habe, deine Rede bei Tisch mit eingerechnet. Ich habe auch so meine Bedenken gehabt. Aber ich glaube, wir können uns beruhigen.«

»Hat sie dir ihr Herz ausgeschüttet?«

»So möcht' ich es nicht nennen. Sie hat wohl das Bedürfnis zu sprechen, aber sie hat nicht das Bedürfnis, sich so recht von Herzen auszusprechen, und macht vieles in sich selber ab; sie ist mitteilsam und verschlossen zugleich, beinah versteckt; überhaupt ein ganz eigenes Gemisch.«

»Ich bin ganz deiner Meinung. Aber wenn sie dir nichts gesagt hat, woher weißt du's?«

»Ich sagte nur, sie habe mir nicht ihr Herz ausgeschüttet.

Solche Generalbeichte, so alles von der Seele herunter, das liegt nicht in ihr. Es fuhr alles so bloß ruckweis und plötzlich aus ihr heraus, und dann war es wieder vorüber. Aber gerade weil es so ungewollt und wie von ungefähr aus ihrer Seele kam, deshalb war es mir so wichtig.«

»Und wann war es denn und bei welcher Gelegenheit?«

»Es werden jetzt gerade drei Wochen sein, und wir saßen im Garten, mit allerhand Ausstattungsdingen, großen und kleinen, beschäftigt, als Wilke einen Brief von Innstetten brachte. Sie steckte ihn zu sich, und ich mußte sie eine Viertelstunde später erst erinnern, daß sie ja einen Brief habe. Dann las sie ihn, aber verzog kaum eine Miene. Ich bekenne dir, daß mir bang ums Herz dabei wurde, so bang, daß ich gern eine Gewißheit haben wollte, so viel, wie man in diesen Dingen haben kann.«

»Sehr wahr, sehr wahr.«

»Was meinst du damit?«

»Nun, ich meine nur … Aber das ist ja ganz gleich. Sprich nur weiter; ich bin ganz Ohr.«

»Ich fragte also rund heraus, wie's stünde, und weil ich bei ihrem eigenen Charakter einen feierlichen Ton vermeiden und alles so leicht wie möglich, ja beinah scherzhaft nehmen wollte, so warf ich die Frage hin, ob sie vielleicht den Vetter Briest, der ihr in Berlin sehr stark den Hof gemacht hatte, ob sie den vielleicht lieber heiraten würde …«

»Und?«

»Da hättest du sie sehen sollen. Ihre nächste Antwort war ein schnippisches Lachen. Der Vetter sei doch eigentlich nur ein großer Kadett in Leutnantsuniform. Und einen Kadetten könne sie nicht einmal lieben, geschweige heiraten. Und dann sprach sie von Innstetten, der ihr mit einem Male der Träger aller männlichen Tugenden war.«

»Und wie erklärst du dir das?«

»Ganz einfach. So geweckt und temperamentvoll und beinahe leidenschaftlich sie ist, oder vielleicht auch weil sie es ist, sie gehört nicht zu denen, die so recht eigentlich auf Liebe gestellt sind, wenigstens nicht auf das, was den Namen ehrlich verdient. Sie redet zwar davon, sogar mit Nachdruck und einem gewissen Überzeugungston, aber doch nur, weil sie irgendwo gelesen hat, Liebe sei nun mal das Höchste, das Schönste, das Herrlichste. Vielleicht hat sie's auch bloß von der sentimentalen Person, der Hulda, gehört und spricht es ihr nach. Aber sie empfindet nicht viel dabei. Wohl möglich, daß es alles mal kommt, Gott verhüte es, aber noch ist es nicht da.«

»Und was ist da? Was hat sie?«

»Sie hat nach meinem und auch nach ihrem eigenen Zeugnis zweierlei: Vergnügungssucht und Ehrgeiz.«

»Nun, das kann passieren. Da bin ich beruhigt.«

»Ich nicht. Innstetten ist ein Karrieremacher – vom Streber will ich nicht sprechen, das ist er auch nicht, dazu ist er zu wirklich vornehm – also Karrieremacher, und das wird Effis Ehrgeiz befriedigen.«

»Nun also. Das ist doch gut.«

»Ja, das ist gut! Aber es ist erst die Hälfte. Ihr Ehrgeiz wird befriedigt werden, aber ob auch ihr Hang nach Spiel und Abenteuer? Ich bezweifle. Für die stündliche kleine Zerstreuung und Anregung, für alles, was die Langeweile bekämpft, diese Todfeindin einer geistreichen kleinen Person, dafür wird Innstetten sehr schlecht sorgen. Er wird sie nicht in einer geistigen Öde lassen, dazu ist er zu klug und zu weltmännisch, aber er wird sie auch nicht sonderlich amüsieren. Und was das Schlimmste ist, er wird sich nicht einmal recht mit der Frage beschäftigen, wie das wohl anzufangen sei. Das wird eine Weile so gehen, ohne viel Schaden anzurichten, aber zuletzt wird sie's merken, und dann wird es sie beleidigen. Und dann weiß ich nicht, was geschieht. Denn so weich und nachgiebig sie ist, sie hat auch was Rabiates und läßt es auf alles ankommen.«

In diesem Augenblicke trat Wilke vom Saal her ein und meldete, daß er alles nachgezählt und alles vollzählig gefunden habe; nur von den feinen Weingläsern sei eins zerbrochen, aber schon gestern, als das Hoch ausgebracht wurde – Fräulein Hulda habe mit Leutnant Nienkerken zu scharf angestoßen.

»Versteht sich, von alter Zeit her immer im Schlaf, und unterm Holunderbaum ist es natürlich nicht besser geworden. Eine alberne Person, und ich begreife Nienkerken nicht.«

»Ich begreife ihn vollkommen.«

»Er kann sie doch nicht heiraten.«

»Nein.«

»Also zu was?«

»Ein weites Feld, Luise.«

Dies war am Tage nach der Hochzeit. Drei Tage später kam eine kleine gekritzelte Karte aus München, die Namen alle nur mit zwei Buchstaben angedeutet. »Liebe Mama! Heute vormittag die Pinakothek besucht. Geert wollte auch noch nach dem andern hinüber, das ich hier nicht nenne, weil ich wegen der Rechtschreibung in Zweifel bin, und fragen mag ich ihn nicht. Er ist übrigens engelsgut gegen mich und erklärt mir alles. Überhaupt alles sehr schön, aber anstrengend. In Italien wird es wohl nachlassen und besser werden. Wir wohnen in den ›Vier Jahreszeiten‹, was Geert veranlaßte, mir zu sagen, ›draußen sei Herbst, aber er habe in mir den Frühling‹. Ich finde es sehr sinnig. Er ist überhaupt sehr aufmerksam. Freilich ich muß es *auch* sein, namentlich wenn er was sagt oder erklärt. Er weiß übrigens alles so gut, daß er nicht einmal nachzuschlagen braucht. Mit Entzücken spricht er von Euch, namentlich von Mama. Hulda findet er etwas zierig; aber der alte Niemeyer hat es ihm ganz angetan. Tausend Grüße von Eurer ganz berauschten, aber auch etwas müden Effi.«

Solche Karten trafen nun täglich ein, aus Innsbruck, aus Verona, aus Vicenza, aus Padua, eine jede fing an: »Wir haben heute vormittag die hiesige berühmte Galerie besucht«, oder wenn es nicht die Galerie war, so war es eine Arena oder irgendeine Kirche »Santa Maria« mit einem Zunamen. Aus Padua kam, zugleich mit der Karte, noch ein wirklicher Brief. »Gestern waren wir in Vicenza. Vincenza muß man sehen wegen des Palladio; Geert sagte mir, daß in ihm alles Moderne wurzele. Natürlich nur in bezug auf Baukunst. Hier in Padua (wo wir heute früh ankamen) sprach er im Hotelwagen etliche Male vor sich hin: ›Er liegt in Padua begraben‹, und war überrascht, als er von mir vernahm, daß ich diese Worte noch nie gehört hätte. Schließlich aber sagte er, es sei eigentlich ganz gut und ein Vorzug, daß ich nichts davon wüßte. Er ist überhaupt sehr gerecht. Und vor allem ist er engelsgut gegen mich und gar nicht überheblich und auch gar nicht alt. Ich habe noch immer das Ziehen in den Füßen, und das Nachschlagen und das lange Stehen vor den Bildern strengt mich an. Aber es muß ja sein. Ich freue mich sehr auf Venedig. Da bleiben wir fünf Tage, ja, vielleicht eine ganze Woche. Geert hat mir schon von den Tauben auf dem Markusplatze vorgeschwärmt, und daß man sich da Tüten mit Erbsen kauft und dann die schönen Tiere damit füttert. Es soll Bilder geben, die das darstellen, schöne blonde Mädchen, ›ein Typus wie Hulda‹, sagte er. Wobei mir denn auch die Jahnkeschen Mädchen einfallen. Ach, ich gäbe was drum, wenn ich mit ihnen auf unserm Hof auf einer Wagendeichsel sitzen und *unsere* Tauben füttern könnte. Die Pfauentaube mit dem starken Kropf dürft ihr aber nicht schlachten, die will ich noch wiedersehen. Ach, es ist so schön hier. Es soll ja auch das Schönste sein. Eure glückliche, aber etwas müde Effi.« Frau von Briest, als sie den Brief vorgelesen hatte, sagte: »Das arme Kind. Sie hat Sehnsucht.«

»Ja«, sagte Briest, »sie hat Sehnsucht. Diese verwünschte Reiserei …«

»Warum sagst du das jetzt? Du hättest es ja hindern können. Aber das ist so deine Art, hinterher den Weisen zu spielen. Wenn das Kind in den Brunnen gefallen ist, decken die Ratsherren den Brunnen zu.«

»Ach, Luise, komme mir doch nicht mit solchen Geschichten. Effi ist unser Kind, aber seit dem 3. Oktober ist sie Baronin Innstetten. Und wenn ihr Mann, unser Herr Schwiegersohn, eine Hochzeitsreise machen und bei der Gelegenheit jede Galerie neu katalogisieren will, so kann ich ihn daran nicht hindern. Das ist eben das, was man sich verheiraten nennt.«

»Also jetzt gibst du das zu. Mir gegenüber hast du's immer bestritten, immer bestritten, daß die Frau in einer Zwangslage sei.«

»Ja, Luise, das hab' ich. Aber wozu das jetzt. Das ist wirklich ein zu weites Feld.«

| | |

»Im Oktober 94 hat der Abdruck von ›Effi Briest‹ in der Deutschen Rundschau begonnen und schließt März 95 ab«, schrieb der mittlerweile 75-jährige Autor in sein Tagebuch, »in weniger als Jahresfrist zu 5 Auflagen, – der erste wirkliche Erfolg, den ich mit einem Roman habe.«

Die erst siebzehnjährige Effi von Briest aus Hohen-Cremmen heiratet den gut 20 Jahre älteren, ehrgeizigen Baron Geert von Innstetten, der schon (erfolglos) um die Hand ihrer Mutter angehalten hatte: »Du wirst deine Mama weit überholen.« Sie folgt ihm in die Kleinstadt Kessin in Hinterpommern. Instetten, der dort einen Landratsposten übernommen und das »Höherhinaufklimmen« auf der Karriereleiter im Blick hat, fehlt das Sensorium für Effis romantische Phantasien und Ängste. Die Honoratioren des Ortes langweilen sie, und so lässt sie sich auf den »Damen-Mann« Crampas ein. Als die längst beendete Affäre Jahre später zufällig aufgedeckt wird, führt die Unerbittlichkeit der Konventionen zur Katastrophe: Instetten fordert Crampas zum Duell und tötet ihn, und Effi, vom

Ehemann und der eigenen Tochter verstoßen, »büßt ihr Leben ein, in dem sie nur als Kind sie selbst sein durfte«. In Effis Worten: »Mich ekelt, was ich getan habe, aber was mich noch mehr ekelt, das ist eure Tugend.«

Historisches Vorbild für Effi war Elisabeth Freiin von Plotho (1853-1952), verheiratete Baronin von Ardenne. Ihr Ehrengrab kann auf dem Südwestfriedhof in Stahnsdorf bei Berlin besucht werden. »Das weite Feld« des Herrn von Briest, das in dem Roman als Sentenz leitmotivisch wiederkehrt, sprichwörtlich wurde und den Titel für Günter Grass' Fontane-Wenderoman von 1995 lieferte, könnte dem Gesamtwerk Fontanes als Motto vorangestellt werden als »tiefes Wissen um das Fehlen letztgültiger Maßstäbe, um den Irrtum, der jedes Urteil wie ein Schatten begleitet« (Helmuth Nürnberger).

Hier ruhen in Gott
Dr. Peter Joseph Lenné
General-Direktor der Kgl. Gärten
geboren zu Bonn
am 29 September 1789
gestorben zu Sanssouci
am 23 Januar 1866
und
Friederike Lenne geb. Voss
seine ihm am 20 October 1855
vorausgegangene geliebte Gattin
Sie ruhen in Frieden!
Conrad Persius
Pauline Persius

FERDINAND VON ARNIM

»Kranksein«

Brief an Martha Fontane

Berlin 19. April 89.
Potsd. Str. 134. c.

Meine liebe Mete.

(...)

Ein Hauptpunkt in Deinem Briefe betrifft meine Stellung zu Deinem Kranksein. Ich kann mir wohl denken, daß mein Sprechen und Schreiben, meine gesamte Haltung so wirkt, als sähe ich das alles für nicht so schlimm an, und daß Dich diese Haltung mehr oder weniger verdrießt. Ich kann Dir aber sagen, daß nicht der geringste Grund dazu vorliegt. Ich sehe Dir's oft an, wie leidend Du bist und wie traurig und unglücklich Du bist, so leiden zu müssen und bei jungen Jahren gar kein Vertrauen mehr zu seinem physischen Menschen haben zu können. Ich sehe das alles und finde es beklagenswert, aber ich lasse es gehn, wie's gehn will, weil absolut nichts dagegen zu machen ist. Es ist dieselbe Geschichte wie früher mit Mamas Sturmkrankheit, wo die arme Frau oft ein wahres Jammerbild war, tief bemitleidenswert. Ich redete ihr zu, so gut ich konnte, und dann ging ich zu Bett und schlief. Nicht aus Gleichgültigkeit, sondern aus kolossaler Müdigkeit und weil ich mir sagte, Du tust nur einen reinen Unsinn, wenn Du Dich Deiner Müdigkeit gewaltsam entreißt und noch 3 Dutzend Male sagst: »meine arme Frau, sieh, ich glaube, es läßt schon nach.« Es gibt so vieles, dem wir machtlos gegenüberstehn, und dies, und wenn es das Schrecklichste wäre, muß mit möglichst guter Manier getragen werden, von dem Leidenden sowohl wie von der Umgebung. Es ist unsre Pflicht, eine gewisse Hospitalstimmung von uns fernzuhalten und nicht in fruchtlose Heulhuberei zu verfallen. Gott sei Dank haben wir, auch die Weichlichsten unter uns, alle diesen Charakter, George war in diesem Stück wie ein Held und vorbildlich wie Kaiser Friedrich. Auch *Du* hast diese Tapferkeit. Und dahin gehört nicht minder das sich Entschlagen aller Sentimentalitäten auch von seiten derer, unter denen ein Kranker lebt, ein sich Entschlagen, das etwas ganz andres ist als Gleichgültigkeit oder Gefühlsmangel. Es spricht sich nur drin aus, erstens: ergeben wir uns, und zweitens: *hoffen wir.* Und das ist das Beste, oft das einzige, was man einem Kranken antun kann. Die Flinte ins Korn zu schmeißen, dazu ist immer noch Zeit. Grüße Mengels, in erster Reihe Sankt Elisabeth. Wie immer

Dein alter Papa.

| | |

Wiederkehrende Themen in den Briefen Fontanes sind seine Lektüreerlebnisse, der Status eigener Arbeiten, die unsichere Existenz des freischaffenden Schriftstellers, Reisebeobachtungen und die Kommentierung von Briefen Dritter. Besondere Beachtung verdient in seinem epistolographischen Werk das Thema »Die Gesundheitszustände des Autors«. Die physischen Leiden reichten von Typhus bis Rheumatismus, von hartnäckigen Erkrankungen der Atemwege bis zu gastrischen Unverträglichkeiten, zudem schwankte auch die psychische Disposition Fontanes, euphorische und depressive Gemütslagen wechselten sich ab: »Mit meiner Gesundheit geht es gut, besser als seit Jahr und Tag. Und doch fühl' ich, daß es eine wacklige Geschichte ist …«

Fontane ermahnte seine Tochter Martha, dass es geboten sei, »eine gewisse Hospitalstimmung von uns fernzuhalten«, versäumte

es aber selten in den Briefen an Emilie, Bulletins seines Befindens zu übermitteln: »Ich selbst bin unter Arbeiten längst petrefakt geworden.« Mehr oder minder plausible Erklärungen hatte der beredte Autor immer parat: »So wie ich in frischer Luft lebe und mein Gesammt-Nervenbefinden besser wird, kann ich Wind und alles aushalten, während ich zu Haus, bei Angegriffenheit, gleich was weg habe.«

An den »Malaisen« seiner Frau, seiner Kinder war Fontane weniger interessiert: Sie werden in den Briefen verharmlost oder »weggeplaudert«. 1856, Emilie war zum fünften Mal schwanger und klagte über anhaltende Schmerzen, schrieb ihr Fontane, der »entflohene Apothekerlehrling«: »Ein Ei und ein Glas Rotwein zum Frühstück; spazierengehn; wenig Lektüre, etwas mehr Arbeit und vor allem viel Unterhaltung in Gemeinschaft mit Pfefferkuchen und Braunbier werden Dir guttun.«

Noch *ein* Denkmal verbleibt uns, an das wir heranzutreten haben: ein wunderliches Gebilde, das, in übermütigem Widerspruch mit Marmorkreuz und Friedensengel, den Ernst dieser Stunde wie ein groteskes Satyrspiel beschließt. Es ist dies das Grabdenkmal des bekannten Freiherrn Paul Jakob von Gundling, der Witz und Wüstheit, Wein- und Wissensdurst, niedere Gesinnung und stupende Gelehrsamkeit in sich vereinigte und der, in seiner Doppeleigenschaft als Trinker und Hofnarr, in einem *Weinfaß* begraben wurde. In der Bornstedter Kirche selbst, in der Nähe des Altars. Über seinem Grabe ließ König Friedrich Wilhelm I. einen Stein errichten, der trotz des zweifachen Neubaus, den die Kirche seitdem erfuhr, derselben erhalten blieb. Dies Epitaphium, ein Kuriosum ersten Ranges, bildet immer noch die Hauptsehenswürdigkeit der Kirche. Hübsche Basiliken gibt es viele; ein solches Denkmal gibt es nur einmal. Ehe wir eine Beschreibung desselben versuchen, begleiten wir den Freiherrn durch seine letzten Tage, auf seinem letzten Gange. Wir benutzen dabei, mit geringen Abweichungen, einen zeitgenössischen Bericht:

»Von Gundling wurde vor Ostern des Jahres 1731 krank und starb den 11. April auf seiner Stube im königlichen Schlosse zu Potsdam. Sein Körper ward sogleich auf einem Brette nach dem Witwenhause der Lakaienfrauen getragen und hier von den Wundärzten geöffnet. In seinem Magen fand man ein Loch.

Sein Leichenbegängnis war äußerst lustig und seinem geführten Lebenswandel völlig angemessen. Schon vor zehn Jahren hatte ihm der König seinen Sarg in Form eines *Weinfasses* verfertigen lassen. Es war schwarz angestrichen und auf dem obern Teile mit einem weißen Kreuze geschmückt, wel-

ches nach allen vier Seiten herunterging. Es wird erzählt, daß Gundling sich schon bei Lebzeiten öfters in diesen Sarg gelegt und zur Ergötzung des Hofes ein Glas Wein darin getrunken habe. Nachdem er tot war, legte man ihn in seinem rotsamtenen, mit blauen Aufschlägen besetzten Kleide, desgleichen mit roten seidenen Strümpfen und einer großen Staatsperücke, in dasselbe hinein. Umher stellte man zwölf Guéridons mit brennenden weißen Wachskerzen. In dieser Parade ward er jedermann öffentlich gezeigt. Besonders kamen viele Fremde nach Potsdam, um ihn zu sehen.

Nachdem der Kastellan des Schlosses vom Könige den Befehl erhalten hatte, alles zum Begräbnis Erforderliche zu besorgen, ward dem Verstorbenen die Kirche zu Bornstedt als Ruhestätte bestimmt. Zur Leichenbegleitung wurden mehr als fünfzig Offiziere, Generale, Obersten und andere angesehene Kriegsbediente, die Geistlichen, die Potsdamer Schule, die königlichen Cabinetssecretaire, Kammerdiener, Küchen- und Kellereibediente eingeladen. Hiezu kam noch der Rat und die Bürgerschaft der Stadt, welche sich sämtlich, mit schwarzen Mänteln angetan, bei dieser Handlung einfinden mußten. Alle diese Begleiter waren bereit und willig, Gundlingen die letzte Ehre zu erweisen, bis auf die lutherischen und reformierten Geistlichen, die zu erscheinen sich weigerten. Da sie um die Ursache befragt wurden, schützten sie die Gestalt des Sarges vor, welche nicht erlaube, daß sie dabei ohne Anstoß erscheinen könnten. Man fand nicht für gut, sie weiter zu nötigen, und ließ sie weg.

Nun stellte sich aber ein zweiter Umstand dar, welcher neue Schwierigkeiten hervorbrachte. Da die Geistlichkeit, von der ein lutherisches Mitglied die Parentation halten sollte, nicht erschien, so war man verlegen, wer dies Geschäft nun übernehmen würde. Nachdem man hin und her gesonnen hatte, verfiel man endlich auf des Verstorbenen Erzfeind, auf David Faßmann. Dieser übernahm es und hielt wirklich die Leichenrede.

Nach Schluß derselben wurden Lieder gesungen und alle Glocken geläutet. Der bis dahin offengestandene Sarg ward zugemacht, ein Bahrtuch darübergeworfen, und so ging es in bester Ordnung und unter fortgesetztem Läuten bis vor den Schlagbaum von Potsdam hinaus. Hier blieb die Prozession zurück, und nur wenige folgten der Leiche, die auf einen Wagen gesetzt und nach Bornstedt gefahren wurde. Hier wurde sie abgeladen und inmitten der Kirche eingesenkt. – Ein großer, zierlich ausgehauener Leichenstein erhielt folgende Inschrift:

›Allhier liegt begraben der weiland
hoch- und wohlgeborne Herr,
Herr Jakob Paul Freiherr von Gundling,

Seiner Königlichen Majestät in Preußen hochbestallt gewesener Oberzeremonienmeister, Kammerherr, Geheimer Ober-Appellations-, Kriegs-, Hof-, Kammerrat, Präsident der Königlichen Sozietät der Wissenschaften, Hof- und Kammergerichtsrat, auch Historiographus etc., welcher von allen, die ihn gekannt haben,

wegen seiner Gelehrsamkeit bewundert,
wegen seiner Redlichkeit gepriesen,
wegen seines Umgangs geliebt und
wegen seines Todes beklagt worden.
Anno 1731.‹

Darunter befindet sich groß und in sauberer Ausführung das freiherrliche Wappen.«

So etwa der zeitgenössische Bericht.

Des Wappens auf dem Leichensteine wird nur in aller Kürze Erwähnung getan, und doch ist dasselbe von besonderem Interesse. Es zeigt, daß des Königs Geneigtheit, an Gundling seinen Spott zu üben, auch über den Tod des letztern fortdauerte. Hatte er schon früher durch Erteilung eines freiherrlichen Wappens, auf dem die angebrachten drei *Pfauenfedern* die Eitelkeit des Freiherrn geißeln sollten, seinem Humor die Zügel schießen lassen, so ging er jetzt, wo es sich um die Ausmeißelung eines Grabsteins für Gundling handelte, noch über den früheren Sarkasmus hinaus, und das Grabsteinwappen erhielt zwei neue Schildhalter: eine *Minerva* und einen aufrecht stehenden *Hasen*. Die Hieroglyphensprache des Grabsteins sollte ausdrücken: er war klug, eitel, feige.

Dieser interessante Stein lag ursprünglich im Kirchenschiff; jetzt ist er senkrecht in die Frontwand eingemauert und wirkt völlig wie ein errichtetes Denkmal.

Wenn der weiße Marmor so vieler Gräber draußen längst zerfallen sein und kein rot-dunkles Verbenenbeet den Veranda-Begräbnisplatz der Sellos mehr schmücken wird, wird dies wunderliche Wappendenkmal, mit den Pfauenfedern und dem aufrecht stehenden Hasen, noch immer zu unsern Enkeln sprechen, und das Märchen von »Gundling und dem Weinfaßsarge« wird dann wundersam klingen wie ein grotesk-heiteres Gegenstück zu den Geschichten vom *Oger.*

| | |

Die Grabplatte für Jacob Paul Freiherr von Gundling (1673-7131), Hofrat und »Hofnarr« im Tabakskollegium des Soldatenkönigs Friedrich Wilhelm I., hat Fontane im dritten Teil seiner Wanderungen, *in* Havelland, *beschrieben. Das Thema des gedemütigten »Staatsintellektuellen« hat Künstler immer wieder beschäftigt, etwa Heiner Müller in dem Theaterstück* Leben Gundlings Friedrich von Preußen Lessings Schlaf Traum Schrei *oder Jonathan Meese in der Installation* Gundling Meese Erzstaat *für eine Ausstellung in Schloß Neuhardenberg.*

Für Fontane war die Grabplastik eher ein »Kuriosum ersten Ranges«, sie befindet sich noch heute im Innern der Kirche des Potsdamer Stadtteils Bornstedt. Direkt neben der Kirche liegt der ebenfalls ausführlich gewürdigte Friedhof, eine Sehenswürdigkeit, nicht nur für Fontane-Freunde: »Wer in Sanssouci stirbt – wird auch in Bornstedt begraben.« Für den Autor, in dessen Gedichten, Romanen und »Wanderungen« Gräber und Friedhöfe wichtige Rollen spielen, waren »Leben und Tod Geschwister (...), die sich nicht ängstlich meiden sollen«.

»Wir sind nicht mehr dran«

Die Poggenpuhls

In diesem Augenblick ging draußen die Klingel, und Friederike trat ein, um den Herrn General zu melden.

»Lupus in fabula.« Aber ehe Leo noch das Wort aussprechen konnte, stand der Onkel schon in der Tür, legte den Finger halb dienstlich an die Schläfe und sagte: »Habe die Ehre, Frau Schwägerin.«

Die Mädchen eilten ihm entgegen, Leo natürlich desgleichen; als aber auch die alte Frau sich erheben wollte, versagten ihr die Kräfte, so sehr war sie bewegt von der Güte ihres Schwagers, für den sie immer eine besondere Liebe und Verehrung gehabt hatte.

»Sitzen bleiben, meine liebe Albertine. Das kommt von den zu jugendlichen Bewegungen. Bringe dir auch Grüße von meiner Frau ... Und daß ich den Leo hier treffe! Wetter, Junge, du siehst brillant aus und wundervoll genährt. Freilich, freilich ...«, und er wies auf die Ente.

»An der du dich beteiligen mußt«, sagte Manon.

Und der Onkel rückte auch wirklich ein, band sich, was er selbst als altmodisch bezeichnete, eine Serviette vor und machte sich mit vielem Behagen daran, einen Flügel abzuknaupeln. »Delikat. Es ist übrigens bekannt, was wirklich Gutes kriegt man nur in den kleinen Haushaltungen. Und warum? In einem kleinen Haushalt kocht man noch mit Liebe. Ja, meine liebe Albertine, mit Liebe; das ist nun mal die Hauptsache.«

»Du bist immer so gut, Eberhard, immer der alte. Und wenn

es dir schmeckt … Aber sage vor allem, was führt dich her? In Winterszeit nach Berlin.«

»Ja, Albertine, was führt mich her! Ich könnte sagen, dein Geburtstag. Aber du würdest es vielleicht nicht glauben, und da ist es doch wohl besser, daß ich gleich mit der Wahrheit herausrücke. Geschäftliches führt mich her, Hypotheken, Abschreibungen und auf der Bank allerlei Sachen. Eigentlich langweilig. Aber doch auch wieder interessant …«

»Sehr, sehr«, seufzte Leo und wollte dies weiter ausführen. Therese aber hob den Finger, um ihm Schweigen anzudeuten.

»… Und«, fuhr der Onkelgeneral fort, »da die Reise nun mal nötig war, habe ich mir natürlich diesen vierten Januar ausgesucht, um meiner lieben Frau Schwägerin gratulieren zu können.«

»Und du wirst bei uns wohnen«, sagte die Majorin. »Wir können dir nicht viel bieten, aber wir haben doch die Aussicht auf den Matthäi …«

»Ich weiß, Albertine«, sagte der General. »Alles sehr schön. Aber offen gestanden, ich ziehe den Potsdamer Platz vor, weil da das meiste Leben ist. Und Leben ist nun mal das Beste, was eine große Stadt hat. Das fehlt uns in Adamsdorf. Ich bin also wieder im ›Fürstenhof‹ abgestiegen, bin da schon bekannt, und wahrhaftig, es sieht beinahe so aus, als freuten sich alle, wenn ich komme.«

»Wird auch wohl so sein.«

»Und wenn ich mich da morgens ins Fenster lege, links und rechts ein Sofakissen unterm Arm, und die frische Winterluft kommt so vom Hall'schen Tor her – was ich mir wohl gönnen kann, weil ich dran gewöhnt bin, denn von unsrer alten Koppe herunter pustet es noch ganz anders und ich habe dann so Café Bellevue und Josty vor mir, Josty mit dem Glasvorbau, wo sie schon von früh an sitzen und Zeitungen lesen, und die Pferdebahnen und Omnibusse kommen von allen Seiten heran, und es sieht aus, als ob sie jeden Augenblick ineinanderfahren wollten, und Blumenmädchen dazwischen (aber es sind eigentlich Stelzfüße), und in all dem Lärm und Wirrwarr werden dann mit einem Male Extrablätter ausgerufen, so wie Feuerruf in alten Zeiten und mit einer Unkenstimme, als wäre wenigstens die Welt untergegangen – ja, Kinder, wenn ich das so vor mir habe, da wird mir wohl, da weiß ich, daß ich mal wieder unter Menschen bin, und darauf mag ich nicht gern verzichten.«

Leo nickte stumm.

»Also verzeih, Albertine, wenn ich ablehne. Bequemer gelegen ist der ›Fürstenhof‹ auch. Aber zusammen sein wollen wir doch. Jetzt ist es drei. Was machen wir heute? Kroll! Gut, das ginge. Da wird doch wohl eine Weihnachtsvorstellung sein, Schneewittchen oder Aschenbrödel; Aschenbrödel ist besser. In Schneewittchen haben wir den gläsernen Sarg. Und ich bin im ganzen genommen nicht für Särge, bin überhaupt mehr für heitere Ideenverbindungen.«

»Ja, Onkel«, sagte Leo, »da wäre vielleicht ein Theater das beste. Sie geben heute die ›Quitzows‹ an zwei Stellen: im Schauspielhause die richtigen Quitzows und am Moritzplatz die parodierten. Was meinst du zu den Quitzows am Moritzplatz?«

»Nein, Leo, das geht nicht, so gern ich sonst dergleichen sehe. Man ist doch seinem Namen auch was schuldig. Sieh, die Poggenpuhls waren in Pommern so ziemlich dasselbe, was die Quitzows in der Mark waren, und da, mein ich, verlangt es der Korpsgeist, daß wir uns eine Parodie der Sache nicht so ganz gemütlich mit ansehn.«

Therese erhob sich, um dem Onkel einen Kuß zu geben. »Es ist mir immer eine Genugtuung, Onkel, solcher Gesinnung zu begegnen. Leo verflacht sich mit jedem Tage mehr. Und warum, weil er dem Goldenen Kalbe nachjagt.«

»Ja«, sagte Leo, »das tu ich. Wenn es nur was hülfe.«

»Wird schon«, tröstete die sofort an Flora denkende Manon.

»Aber wozu das?« fuhr Leo fort. »Das liegt ja alles weitab. Vorläufig sind wir noch bei den Quitzows, bei den richtigen und den falschen. Die falschen sind abgelehnt, also …«

»… die richtigen«, ergänzte der General. »Die richtigen im Schauspielhause; da wollen wir hin. Und hinterher in ein Lokal, um da noch unsern kleinen Schwatz zu haben und, so gut es geht, festzustellen, was es denn eigentlich mit dem Stück auf sich hat. Es soll ein sehr gutes Stück sein, auch schon darin, daß es beiden Parteien gerecht wird, was doch immer eine schwere Sache bleibt. Aber, soviel hab ich schon gehört, der Dietrich von Quitzow soll interessanter sein als der Kurfürst Friedrich. Natürlich; das ist immer so. Wer mit dem Eisenhandschuh auf den Tisch schlägt, ist immer interessanter als der, der bloß eine Nachmittagspredigt hält. Damit kommt man nicht weit. Ich denke mir den Dietrich so wie etwa den Götz von Berlichingen, der vor dem Kaiser nicht erschrak und den Heilbronner Rat verhöhnte. Das war immer meine Lieblingsszene. Billets werden wir doch wohl kriegen, meinetwegen auch mit Aufschlag. Wenn man Poggenpuhl heißt, muß man für einen alten Kameraden von ehedem was übrighaben.«

»Ein Glück, Eberhard«, sagte die Majorin, »daß die Wände keine Ohren haben. So seid ihr Adligen. Und ihr Poggenpuhls … na, ich weiß ja, ihr seid immer noch von den besten. Aber auch ihr! Alles habt ihr von den Hohenzollern, und sowie die Standesfrage kommt, steht ihr gegen sie.«

»Hast recht, Albertine. So sind wir. Aber es hat nicht viel auf sich damit. Wenn es gilt, sind wir doch immer wieder da. Da nebenan hängt der ›Hochkircher‹, nach wie vor ohne Rock, was ihn aber ehrt, und ich möchte beinahe sagen, was ihn kleidet, und hier« (und er wies auf das Bild über dem Sofa), »hier hängt der Sohrsche, und euer guter Vater, mein Bruder Alfred, nun, der liegt bei Gravelotte. Das sind unsre Taten, die sprechen. Aber wenn stille Tage sind, so wie jetzt, dann sticht uns wieder der Hafer, und wir freuen uns der alten Zeiten, wo's noch kein Kriegsministerium und keine blauen Briefe gab und wo man selber Krieg führte. Man soll es wohl eigentlich nicht sagen, und ich sag es auch nur so hin, aber eigentlich muß es damals hübscher gewesen sein. Die Bürger brauten das Bernauer und das Cottbusser Bier, und wir tranken es aus. Und so mit allem. Es war alles forscher und fideler als jetzt und eigentlich für die Bürger auch. Noch keine Konkurrenz. Nicht wahr, Leo?«

»Na, ob, Onkel. Alles viel schneidiger. Vielleicht kommt es noch mal wieder.«

»Glaub ich auch. Nur nicht bei uns. Wir sind nicht mehr dran. Was jetzt so aussieht, ist bloß noch Aufflackern … Aber nun Schlachtplan für heute abend. Ich will zunächst in meinen ›Fürstenhof‹ und ein paar Zeilen an meine Frau schreiben, und um sechseinhalb seid ihr bei mir. Schwägerin, du auch.«

»Nein, Eberhard. Für mich ist es nichts mehr, ich habe das Reißen und bleibe lieber zu Hause. Wenn ihr alle fort seid, will ich erst das Tageblatt lesen und dann den Abendsegen. Oder Friederike soll ihn lesen. Sie wundert sich schon, daß wir seit Silvester so wie die Heiden gelebt haben.«

| | |

Die große Zeit der Familie Pogge von Poggenpuhl ist vorbei. Allein Bilder in der guten Stube der bescheidenen, »noch ziemlich mauerfeuchten« Wohnung an der Berliner Großgörschenstraße erinnern an die Ruhmestaten der Vorfahren. Doch der Bildernagel an der Wand hält nicht mehr richtig … Die Söhne der Witwe (Pogge ist die niederdeutsche Bezeichnung für Frosch) haben keine Aussicht auf eine militärische Karriere, da ihnen die nötigen Mittel fehlen, Tochter Manon verkehrt hingegen im Haus der aufstrebenden jüdischen Bankiersfamilie Bartenstein, die »bei der nächsten Anleihe« sicher geadelt werde.

Humorvoll und detailliert widmet sich Fontane dem mühsamen, gleichwohl munteren Leben der verarmten Adelsfamilie zwischen trotzigem Standesbewusstsein und geschickter Anpassung an die neuen Verhältnisse. Von den beschriebenen Orten existiert neben Schinkels Schauspielhaus am Gendarmenmarkt nur noch der Matthäikirchhof mit den Erbbegräbnissen der Bewohner des »Geheimratsviertels«, den neuen Wohlhabenden im Berliner Westen.

Fontanes Diktum zu dem 1895 / 96 erschienenen Werk lautete: »Das Buch ist kein Roman und hat keinen Inhalt, das ›Wie‹ muß für das ›Was‹ eintreten – mir kann nichts Lieberes gesagt werden. Natürlich darf eine Literatur nicht auf den Geschmack ganz, ganz alter Herren aufgebaut werden. Aber so nebenher geht es.«

»Es führt zu gar nichts«

Brief an Emilie Fontane

Berlin 27. Aug. 82.
Potsd. Str. 134. c.

Meine liebe Frau.
Habe Dank für Deine freundlichen Zeilen vom 25. (Freitag). Was Du hinsichtlich der Kinder, Martha und Theo, schreibst, hat mich beschäftigt, und ich wünschte wohl, daß es anders lauten könnte. Aber ich bitte Dich, alle Kämpfe dagegen aufzugeben. Es giebt Dinge, die sich einfach nicht ertragen lassen, und empfindet man, daß es *so* liegt, so muß dagegen angekämpft, und irgendwie Hülfe geschafft werden. So wie's aber nur gerade noch geht, muß man's laufen lassen. Dasselbe Prinzip, das wir, seit einer ganzen Reihe von Jahren, Mathilden gegenüber beobachten, muß auch den Kindern gegenüber in Anwendung kommen. Natürlich muß eine gewisse Subordination herrschen, man muß, wenn es noth thut, befehlen und seinen Befehl auch durchsetzen können, aber mit dieser mäßigen Respektsstellung muß man sich begnügen. Am allerwenigsten muß man an den Charakteren herumbasteln wollen; es führt zu gar nichts, außer zu Verstimmung und Aergerniß. Wie sich ein Mensch giebt, das ist nicht ein Zufall, auch meistens nicht ein Erziehungsfehler, sondern der Ausdruck seiner Natur, und ebensowenig wie Dir einer die Sturmkrankheit oder mir das halb scheue halb soupçonnöse Wesen wegdisputiren wird, ebenso wenig kannst Du Martha ihre verbockte Hochmuthsanlage, Georgen seinen Egoismus, und Theo'n

seine Verranntheit und Verschrobenheit nehmen. »Ich habe *zwei* Böcke« sagte Martha; »Was soll ich mit diesem Groschen machen?« sagte George; so sind sie geblieben, und Theo steht immer noch mit dem Papierpfeil vor mir, glühroth und augenfunkelnd, und schmettert die Schwadronen nieder. Wir

Alten können uns über diese Dinge unterhalten, und, wenn es zu arg kommt, können wir auch darüber klagen und sie wegwünschen; aber nur keine Scenen, nur keine Erziehungskunststücke. Man darf nur so viel thun, wie die *Nothwehr* erheischt; wird es *zu* toll, so sagt man einfach: »bis hierher und nicht weiter«; aber man muß dabei nie mehr wollen, als Bekämpfung des Einzelfalls. Also nochmals: laufen lassen; nichts ändern wollen, sondern einfach darauf aus sein, sich nicht die Butter vom Brote nehmen zu lassen. Theo hat den P. Schlentherschen Aufsatz an Stephany *nicht* abgeliefert »weil ihm Schlenthers Brief an mich nicht respektvoll genug vorgekommen ist.« Unsagbar dämlich; eine Art Scherzsche Control- und Erziehungswuth; und dabei für mich, für dessen »Ehre« er eintrat, im höchsten Maaße génant. Aber ich habe kein Wort gesagt, auch über den an Dich gerichteten Brief nicht, und ich bitte auch *Dich*, jedes Gespräch darüber zu unterlassen. Man hat dabei nur zweierlei sicher: den *eignen* Aerger und den des andern. Gebessert wird gar nichts, auch nicht einmal eine momentane Bekehrung, eine veränderte Anschauung herbeigeführt. *Ich* wenigstens habe noch nicht erlebt, daß Theo auch nur im Geringsten von einem Fehler oder einer Dummheit überzeugt worden wäre; ich wette, daß er seinen furchtbaren, vor 1 oder 2 Jahren an »Tante Helenen« geschriebenen Brief noch *jetzt* für etwas Gelungenes und die durch mich gehinderte Absendung für ein Malheur oder eine Laune hält. Sieht man von ganz wenig Ausnahmefällen ab, so läuft überhaupt unser ganzer Verkehr im Leben entweder auf ein reines schändliches Komödienspiel, oder da, wo im Ganzen genommen Ehrlichkeit herrscht, auf Compromisse, Waffenstillstände, stillschweigende gegenseitige Abmachungen hinaus. Und wie ich Dir schon neulich schrieb: »man steht zu seinen Kindern nicht anders, als wie zu andern Menschen«. Also nochmals: selig sind die Friedfertigen. In der That, wer nicht seiner Natur nach auf Kampf gestellt ist, muß allen Streit und alle Conflikte fliehn, sonst wird er unglücklich.

Ergeh es Dir gut. Wie immer Dein alter

Th. F.

| | |

Regina Dieterle kommt (in Im Banne des Vaters. Die Fontanesche Familientragödie*) zu dem Schluss: »Fontane war kein leidenschaftlicher Vater, für Kleinkinder fehlte ihm das Gefühl, und die Erziehung der eigenen Kinder interessierte ihn wenig.« In Fontanes Rückblick auf seine Kinderjahre liest man: »Versteht man unter Erziehung ein fortgesetztes Aufpassen, Ermahnen und Verbessern, ein mit der Gerechtigkeitswaage beständig abgewogenes Lohnen und Strafen, so wurden wir gar nicht erzogen.«*

Bei den eigenen Kindern George, Martha, Theodor und Friedrich war er ebenfalls mehr fürs »laufen lassen«, statt »an den Charakteren herumzubasteln«. Desinteresse oder Erziehungsmodell? Graf Holk, dessen Frau sehr genaue Vorstellungen von der Erziehung ihrer Kinder hat, ruft ihr in Unwiederbringlich *zu: »Erziehung! Auch da ist das Beste Vorherbestimmung, Gnade.«*

»Berlin hat alles, aber keine Luft«

Irrungen, Wirrungen

Unter solchem Gespräche waren sie bei Hiller angelangt, wo der alte Baron bereits an der Glastür stand und ausschaute, denn es war eine Minute nach eins. Er unterließ aber jede Bemerkung und war augenscheinlich erfreut, als Botho vorstellte: »Leutnant von Wedell.«

»Ihr Herr Neffe …«

»Nichts von Entschuldigungen, Herr von Wedell, alles, was Wedell heißt, ist mir willkommen, und wenn es diesen Rock trägt, doppelt und dreifach. Kommen Sie, meine Herren, wir wollen uns aus diesem Stuhl- und Tischdefilee herausziehen und, so gut es geht, nach rückwärtshin konzentrieren. Sonst nicht Preußensache; hier aber ratsam.«

Und damit ging er, um gute Plätze zu finden, vorauf und wählte nach Einblick in verschiedene kleine Kabinetts schließlich ein mäßig großes, mit einem lederfarbnen Stoff austapeziertes Zimmer, das trotz eines breiten und dreigeteilten Fensters wenig Licht hatte, weil es auf einen engen und dunklen Hof sah. Von einem hier zu vier gedeckten Tisch wurde im Nu das vierte Kuvert entfernt, und während die beiden Offiziere Pallasch und Säbel in die Fensterecke stellten, wandte sich der alte Baron an den Oberkellner, der in einiger Entfernung gefolgt war, und befahl einen Hummer und einen weißen Burgunder. »Aber welchen, Botho?«

»Sagen wir Chablis.«

»Gut, Chablis. Und frisches Wasser. Aber nicht aus der

Leitung; lieber so, daß die Karaffe beschlägt. Und nun, meine Herren, bitte Platz zu nehmen: lieber Wedell hier, Botho du da. Wenn nur diese Glut, diese verfrühte Hundstagshitze nicht wäre. Luft, meine Herren, Luft. Ihr schönes Berlin, das immer schöner wird (so versichern einen wenigstens alle, die nichts Besseres kennen), Ihr schönes Berlin hat alles, aber keine Luft.« Und dabei riß er die großen Fensterflügel auf und setzte sich so, daß er die breite Mittelöffnung gerade vor sich hatte.

Der Hummer war noch nicht gekommen, aber der Chablis stand schon da. Voll Unruhe nahm der alte Osten eins der Brötchen aus dem Korb und schnitt es mit ebensoviel Hast wie Virtuosität in Schrägstücke, bloß um etwas zu tun zu haben. Dann ließ er das Messer wieder fallen und reichte Wedell die Hand. »Ihnen unendlich verbunden, Herr von Wedell, und brillanter Einfall von Botho, Sie dem Klub auf ein paar Stunden abspenstig gemacht zu haben. Ich nehm es als eine gute Vorbedeutung, gleich bei meinem ersten Ausgang in Berlin einen Wedell begrüßen zu dürfen.«

Und nun begann er einzuschenken, weil er seiner Unruhe nicht länger Herr bleiben konnte; befahl, ein Cliquot kalt zu stellen und fuhr dann fort: »Eigentlich, lieber Wedell, sind wir verwandt; es gibt keine Wedells, mit denen wir nicht verwandt wären, und wenn's auch bloß durch einen Scheffel Erbsen wäre; neumärkisch Blut ist in allen. Und wenn ich nun gar mein altes Dragonerblau wiedersehe, da schlägt mir das Herz bis in den Hals hinein. Ja, Herr von Wedell, alte Liebe rostet nicht. Aber da kommt der Hummer … Bitte, hier die große Schere. Die Scheren sind immer das beste … Aber, was ich sagen wollte, alte Liebe rostet nicht, und der Schneid auch nicht. Und ich setze hinzu: Gott sei Dank. Damals hatten wir noch den alten Dobeneck. Himmelwetter, war *das* ein Mann! Ein Mann wie ein Kind. Aber wenn es mal schlecht ging und nicht klappen wollte, wenn er einen dann ansah, *den* hätt ich sehen wollen, der den Blick ausgehalten hätte. Richtiger alter Ostpreuße noch von Anno 13 und 14 her. Wir fürchteten ihn, aber wir liebten ihn auch. Denn er war wie ein Vater. Und wissen Sie, Herr von Wedell, wer mein Rittmeister war …?«

In diesem Augenblicke kam auch der Champagner.

»Mein Rittmeister war Manteuffel, derselbe, dem wir alles verdanken, der uns die Armee gemacht hat und mit der Armee den Sieg.«

Herr von Wedell verbeugte sich, während Botho leichthin sagte: »Gewiß, man kann es sagen.«

Aber das war nicht klug und weise von Botho, wie sich gleich herausstellen sollte; denn der ohnehin an Kongestionen leidende alte Baron wurde rot über den ganzen kahlen Kopf weg, und das bißchen krause Haar an seinen Schläfen schien noch krauser werden zu wollen. »Ich verstehe dich nicht, Botho; was soll dies ›Man kann es sagen‹, das heißt soviel wie ›man kann es auch *nicht* sagen‹. Und ich weiß auch, worauf das alles hinaus will. Es will andeuten, daß ein gewisser Kürassieroffizier aus der Reserve, der im übrigen mit nichts in Reserve gehalten hat, am wenigsten mit revolutionären Maßnahmen, es will andeuten, sag ich, daß ein gewisser Halberstädter mit schwefelgelbem Kragen eigentlich auch St. Privat allerpersönlichst gestürmt und um Sedan herum den großen Zirkel gezogen habe. Botho, damit darfst du mir nicht kommen. Er war ein Referendar und hat auf der Potsdamer Regierung gearbeitet, sogar unter dem alten Meding, der nie gut auf ihn zu sprechen war, ich weiß das, und hat eigentlich nichts gelernt, als Depeschen schreiben. So viel will ich ihm lassen, *das* versteht er, oder mit anderen Worten: er ist ein Federfuchser. Aber nicht die Federfuchser haben Preußen groß gemacht. War der bei Fehrbellin ein Federfuchser? War der bei Leuthen ein Federfuchser? War Blücher ein Federfuchser oder Yorck? *Hier* sitzt die preußische Feder. Ich kann diesen Kultus nicht leiden.«

»Aber, lieber Onkel ...«

»Aber, aber, ich dulde kein Aber. Glaube mir, Botho, zu solcher Frage, dazu gehören Jahre; derlei Dinge versteh ich besser. Wie steht es denn? Er stößt die Leiter um, drauf er emporgestiegen, und verbietet sogar die Kreuzzeitung, und rund heraus: er ruiniert uns; er denkt klein von uns, er sagt uns Sottisen, und wenn ihm der Sinn danach steht, verklagt er uns auf Diebstahl oder Unterschlagung und schickt uns auf die Festung. Ach, was sag ich, auf die Festung, Festung ist für anständige Leute, nein, ins Landarmenhaus schickt er uns, um Wolle zu zupfen ... Aber Luft, meine Herren, Luft. Sie haben keine Luft hier. Verdammtes Nest.«

Und er erhob sich und riß zu dem bereits offenstehenden Mittelflügel auch noch die beiden Nebenflügel auf, so daß von dem Zuge, der ging, die Gardinen und das Tischtuch ins Wehen kamen. Dann sich wieder setzend, nahm er ein Stück Eis aus dem Champagnerkühler und fuhr sich damit über die Stirn.

»Ah«, fuhr er fort, »das Stück Eis hier, das ist das beste vom ganzen Frühstück ... Und nun sagen Sie, Herr von Wedell, hab ich recht oder nicht? Botho, Hand aufs Herz, hab ich recht? Ist es nicht so, daß man sich als ein Märkischer von Adel aus reiner Edelmannsempörung einen Hochverratsprozeß auf den Leib reden möchte? Solchen Mann ... aus unsrer besten Familie ... vornehmer als die Bismarcks und so viele für Thron und Hohenzollerntum gefallen, daß man eine ganze Leibkompagnie daraus formieren könnte, Leibkompagnie mit Blechmützen, und der Boitzenburger kommandiert sie. Ja, meine Herren. Und solcher Familie solchen Affront. Und warum? Unterschlagung, Indiskretion, Bruch von Amtsgeheimnis. Ich bitte Sie, fehlt nur noch Kindsmord und Vergehen gegen die Sittlichkeit, und wahrhaftig, es bleibt verwunderlich genug, daß nicht auch *das* noch herausgedrückt worden ist. Aber die Herren schweigen. Ich bitte Sie, sprechen Sie. Glauben Sie mir, daß ich andre Meinungen hören und ertragen kann; ich bin nicht wie er; sprechen Sie, Herr von Wedell, sprechen Sie.«

Wedell, in immer wachsender Verlegenheit, suchte nach einem Ausgleichs- und Beruhigungsworte: »Gewiß, Herr Baron, es ist, wie Sie sagen. Aber, Pardon, ich habe damals, als die Sache zum Austrag kam, vielfach aussprechen hören, und die Worte sind mir im Gedächtnis geblieben, daß der Schwächere darauf verzichten müsse, dem Stärkeren die Wege kreuzen zu wollen, daß verbiete sich im Leben wie in der Politik; es sei nun mal so: Macht gehe vor Recht.«

»Und kein Widerspruch dagegen, kein Appell?«

»Doch, Herr Baron. Unter Umständen auch ein Appell. Und um nichts zu verschweigen: ich kenne solche Fälle gerechtfertigter Opposition. Was die Schwäche nicht darf, das darf die Reinheit, die Reinheit der Überzeugung, die Lauterkeit der Gesinnung. *Die* hat das Recht der Auflehnung, sie hat sogar die Pflicht dazu. Wer aber *hat* diese Lauterkeit? Hatte sie … Doch, ich schweige, weil ich weder Sie, Herr Baron, noch die Familie, von der wir sprechen, verletzen möchte. Sie wissen aber, auch ohne daß ich es sage, daß *er*, der das Wagnis wagte, diese Lauterkeit der Gesinnung *nicht* hatte. Der bloß Schwächere darf nichts, nur der Reine darf alles.«

»Nur der Reine darf alles«, wiederholte der alte Baron mit einem so schlauen Gesicht, daß es zweifelhaft blieb, ob er mehr von der Wahrheit oder der Anfechtbarkeit dieser These durchdrungen sei. »Der Reine darf alles. Kapitaler Satz, den ich mir mit nach Hause nehme. Der wird meinem Pastor gefallen, der letzten Herbst den Kampf mit mir aufgenommen und ein Stück von meinem Acker zurückgefordert hat. Nicht seinetwegen, i Gott bewahre, bloß um des Prinzips und seines Nachfolgers willen, dem er nichts vergeben dürfe. Schlauer Fuchs. Aber der Reine darf alles.«

»Du wirst schon nachgeben in der Pfarrackerfrage«, sagte Botho. »Kenn ich doch Schönemann noch von Sellenthins her.«

»Ja, da war er noch Hauslehrer und kannte nichts Besseres, als die Schulstunden abzukürzen und die Spielstunden in die Länge ziehen. Und konnte Reifen spielen wie ein junger Marquis; wahrhaftig, es war ein Vergnügen, ihm zuzusehen. Aber nun ist er sieben Jahre im Amt und du würdest den Schönemann, der der gnädigen Frau den Hof machte, nicht wieder erkennen. Eins aber muß ich ihm lassen, er hat beide Frölens gut erzogen und am besten deine Käthe ...«

Botho sah den Onkel verlegen an, fast als ob er ihn um Diskretion bitten wolle. Der alte Baron aber, überfroh, das heikle Thema so glücklich beim Schopfe gefaßt zu haben, fuhr in überströmender und immer wachsender guter Laune fort: »Ach, laß doch, Botho. Diskretion. Unsinn. Wedell ist Landsmann und wird von der Geschichte so gut wissen, wie jeder andere. Weshalb schweigen über solche Dinge. Du bist doch so gut wie gebunden. Und weiß es Gott, Junge, wenn ich so die Frölens Revue passieren lasse, 'ne bessre findest du nicht; Zähne wie Perlen und lacht immer, daß man die ganze Schnur sieht. Eine Flachsblondine zum Küssen, und wenn ich dreißig Jahre jünger wäre, höre ...«

Wedell, der Bothos Verlegenheit bemerkte, wollte ihm zu Hilfe kommen und sagte: »Die Sellenthinschen Damen sind alle sehr anmutig, Mutter wie Töchter; ich war vorigen Sommer mit ihnen in Norderney, charmant, aber ich würde der zweiten den Vorzug geben ...«

»Desto besser, Wedell. Da kommt ihr euch nicht in die Quer und wir können gleich eine Doppelhochzeit feiern. Und Schönemann kann trauen, wenn Kluckhuhn, der, wie alle Alten, empfindlich ist, es zugibt, und ich will ihm nicht nur das Fuhrwerk stellen, ich will ihm auch das Stück Pfarracker ohne weiteres zedieren, wenn ich solche Hochzeit zwischen heut und einem Jahre erlebe. Sie sind reich, lieber Wedell, und mit Ihnen pressiert es am Ende nicht. Aber sehen Sie sich unsern Freund Botho an. Daß er so wohlgenährt aussieht, das verdankt er nicht seiner Sandbüchse, die, ein paar Wiesen abgerechnet, eigentlich nichts als eine Kiefernschonung ist, und noch weniger seinem Muränensee. ›Muränensee‹, das klingt wundervoll, und man könnte beinahe sagen poetisch. Aber das ist auch alles. Man kann von Muränen nicht leben. Ich weiß, du hörst nicht gerne davon; aber da wir mal dabei sind, so muß es heraus. Wie liegt es denn? Dein Großvater hat die Heide 'runterschlagen lassen, und dein Vater selig – ein kapitaler Mann, aber ich habe keinen Menschen je so schlecht L'hombre spielen sehn und so hoch dazu, – dein Vater selig, sag ich, hat die fünfhundert Morgen Bruchacker an die Jeseritzer Bauern parzelliert, und was von gutem Boden übriggeblieben ist, ist nicht viel, und die dreißigtausend Taler sind auch längst wieder fort. Wärst du allein, so möcht es gehn; aber du mußt teilen mit deinem Bruder, und vorläufig hat die Mama, meine Frau Schwester Liebden, das ganze noch in Händen, eine prächtige Frau, klug und gescheit, aber auch nicht auf die sparsame Seite gefallen. Botho, wozu stehst du bei den Kaiserkürassieren, und wozu hast du eine reiche Cousine, die bloß darauf wartet, daß du kommst und in einem regelrechten Antrage das besiegelst und wahrmachst, was die Eltern schon verabredet haben, als ihr noch Kinder wart. Wozu noch überlegen? Höre, wenn ich morgen auf der Rückreise bei deiner Mama mit vorfahren und ihr die Nachricht bringen könnte: ›Liebe Josephine, Botho *will*, alles abgemacht‹, höre Junge, das wäre mal was, das einem alten Onkel, der's gut mit dir meint, eine Freude machen könnte. Reden Sie zu, Wedell, es ist Zeit, daß er aus der Garçonschaft herauskommt. Er vertut sonst sein bißchen Vermögen oder verplämpert sich wohl gar mit einer kleinen Bourgeoise. Hab ich recht? Natürlich. Abgemacht. Und darauf müssen wir noch anstoßen. Aber nicht mit diesem Rest …« Und er drückte auf die Klingel.

»Ein Heidsieck. Beste Marke.«

| | |

Den Roman Irrungen, Wirrungen *druckte 1887 die* Vossische Zeitung *vorab, er erschien ein Jahr später. Der Ort der Handlung ist*

Berlin in den 1870er Jahren.

»Das Herkommen bestimmt unser Tun«: Baron Botho von Rienäcker, »schwach wie alle schönen Männer«, und die Näherin Lene Nimptsch sind ein Paar, aber eine Zukunft hat ihre Liebe nicht. Zu groß sind die Standesunterschiede, aber man versucht, nicht daran zu denken: »Glaube mir, daß ich dich habe, diese Stunde habe, das ist mein Glück. Was draus wird, das kümmert mich nicht.« Botho, von seinem Onkel im exklusiven Restaurant »Hiller« Unter den Linden eindringlich auf seine überschaubaren finanziellen Verhältnisse hingewiesen, heiratet schließlich seine vermögende Kusine Käthe, die »Flachsblondine mit den Vergißmeinnichtaugen«, und Lene den braven Fabrikmeister Gideon Franke: »Dann lebt man ohne Glück.«

Höhe- und Wendepunkt des Romans ist die gemeinsame Tour von Lene und Botho nach »Hankels Ablage«, eine »Landpartie mit Nachtquartier« (Paul Schlenther). Zu Fontanes Zeiten ein beliebtes Ausflugslokal an der Dahme südöstlich von Berlin, wird man das »große Liebesidyll der Weltliteratur« (Anna Katharina Hahn) heute hinter einem Forschungszentrum am Zeuthener See in situ nicht auffinden, denn das Gasthaus und den Holzabladeplatz gibt es nicht mehr – ebenso wenig wie den Görlitzer Bahnhof, von dem das Paar zu seiner Kurzreise aufbricht. In dem Helmholtz-Forschungszentrum besteht nach Voranmeldung die Möglichkeit, eine kleine Fontane-Ausstellung zu diesem Thema zu besichtigen, von Köpenick aus kann man einem Fontane-Wanderweg nach Königs Wusterhausen folgen, der auch am Zeuthener See und seiner Villenkolonie entlangführt.

3

Vierzig Jahre später

Wie der Leser schon aus der Kapitelüberschrift entnehmen wird, habe ich vor, in dem unmittelbar Nachstehenden mich weit jenseits der hier zu schildernden Swinemünder Tage niederzulassen, welches Vorhaben mit dem Wunsche zusammenhängt, das Charakterbild meines Vaters nach Möglichkeit zu vervollständigen, will sagen nach *oben* hin abzurunden. *Denn wie er ganz zuletzt war, so war er eigentlich.*

In dem bis hierher dem Leser vorgeführten und zugleich den eigentlichen Inhalt des Buches ausmachenden Zeitabschnitte, nach dem ich denn auch das Ganze »Meine Kinderjahre« betitelt habe, war mein Vater noch sehr jung, wenig über dreißig, und stand im Leben und in Irrthümern; in seinen alten Tagen aber – und um eben deshalb greif ich hier, in einem Exkurse, so weit vor – waren des Lebens Irrthümer von ihm abgefallen und je bescheidener sich im Laufe der Jahre seine Verhältnisse gestaltet hatten, desto gütiger und persönlich anspruchsloser war er geworden, immer bereit, aus seiner eigenen bedrückten Lage heraus, noch nach Möglichkeit zu helfen. In Klagen sich zu ergehen, fiel ihm nicht ein, noch weniger in Anklagen, (höchstens mal gegen sich selbst) und dem Leben abgewandt, seinen Tod ruhig erwartend, verbrachte er seine letzten Tage *comme philosophe.*

Ich besuchte ihn alle Jahr einmal und von meinem letzten Besuche bei ihm, der in den Sommer 67 fiel, möchte ich hier erzählen.

Er wohnte damals, schon zehn oder zwölf Jahre lang, in Nähe von Freienwalde, und zwar in einer an der alten Oder gelegenen Schifferkolonie, die den Namen »Schiffmühle« führte und ein Anhängsel des Dorfes Neu-Tornow war. Vereinzelte Häuser lagen da, in großen Abständen von einander, an dem träg vorüberschleichenden und von gelben und weißen Mummeln überwachsenen Flusse hin, während sich, unmittelbar hinter der Häuserreihe, ziemlich hohe, hoch oben mit einem Fichtenwalde besetzte Sandberge zogen. Genau da, wo eine prächtige alte Holzbrücke den von Freienwalde her heranführenden Dammweg auf die Neu-Tornow'sche Flußseite fortsetzte, stand das Haus meines Vaters. Von welchen Erträgen er es erstanden hatte, weiß ich bis diesen Tag nicht, denn als er es kaufte, war er nicht eigentlich mehr ein Mann der Häuserkaufmöglichkeiten, wenn das erstandene Haus auch freilich nur ein bescheidenes Häuschen war. Wie's aber auch damit stehen mochte, er nannte dies Haus sein eigen und *»klein aber mein«*, diese hübsche Inschrift, die das Prinz Friedrich Karl'sche Jagdschloß Dreilinden ziert, hätt auch er diesem seinem Häuschen geben können. Er bewohnte dasselbe mit einer Haushälterin von mittleren Jahren, die nach dem Satze lebte »Selig sind die Einfältigen«, aber einen etwas weit gehenden Gebrauch davon machte. Seine Trauer darüber war humoristisch rührend, denn das Bedürfniß nach Aussprache blieb ihm bis zuletzt. Glücklicherweise hatte er sich schon vorher an Selbstgespräche gewöhnt. Er dachte laut; das war immer seine Aushilfe.

Ich hatte mich, wie gewöhnlich, bei ihm angemeldet, machte zunächst die reizende Fahrt bis Eberswalde per Bahn, dann die reizendere, bis Freienwalde selbst, in einem offenen Wagen und schritt nun auf einem von alten Weiden eingefaßten Damm auf Schiffmühle zu, dessen blanke, rothe Dächer ich gleich beim Heraustreten aus der Stadt vor Augen hatte. Der Weg war nicht weiter als eine gute halbe Stunde, Rapsfelder links und rechts, einzelne mit Storchnestern besetzte Gehöfte weit über die Niederung hin verstreut und als Abschluß des Bildes, jene schon erwähnte, jenseits der alten Oder ansteigende Reihe von Sandbergen. Als ich bis in Nähe der Brücke war, war natürlich auch die Frage da »wie wirst du den Alten finden?« Aber eh ich mir noch darauf Antwort geben konnte, sah ich ihn auch schon. Er hatte, von der Giebelstube seines Hauses her, mein Herankommen beobachtet und als ich eben meinen Fuß auf die vorderste Brückenbohle setzen wollte, stand er auch schon an der anderen Seite der Brücke, mit seiner linken Hand zu mir herüberwinkend. Er hatte sich, seit er in Einsamkeit lebte, daran gewöhnt, die Kostümfrage etwas obenhin zu behandeln und so war ich nicht überrascht, ihn an diesem warmen Junitage bis an eine äußerste Grenze freiheitlicher Behandlung gelangt zu sehen. Er trug graue Leinwandhosen und einen dito Drillichrock, unter dem, denn er haßte alles Zuknöpfen, ein Nachthemd mit umgeklapptem Kragen sichtbar wurde, was alles unbedingt an's Turnerische gemahnt hätte, wenn es weißer gewesen wäre. Auf dem Kopfe saß ein Käpsel, grün mit einer schwarzen Ranke darum, und das Einzige, was auf vergangene bessere Zeiten deutete, war ein wunderschönes Bambusrohr mit einem Elfenbeinknopf oben und einer unverhältnißmäßig langen Metallzwinge, so daß man eigentlich einen »*poignard*« darunter vermuthen mußte. Was aber nicht zutraf.

Jetzt hatten wir uns und gaben uns einen Kuß auf die linke Backe. »Nun, das ist recht, daß Du da bist. Was macht Deine Frau? Und die Kinder?« Er wartete aber keine Antwort ab, denn solche Familienfragen, wenn es nicht gleich ans Sterben ging, interessirten ihn wenig und so fuhr er dann fort: »Es ist das Leben eines Einsiedlers, das ich führe, ja, man könnte schon von Anachoreten sprechen, die ich mir, übrigens vielleicht mit Unrecht, als gesteigerte Einsiedler denke. Fremdwörter haben fast immer was Gesteigertes. Nun wir reden noch davon. Ein

Glück, daß Du so gutes Wetter getroffen hast, das reine Hohenzollernwetter. Du schreibst ja auch so viel über die Hohenzollern und nimmst drum vielleicht an ihrem Wetter Theil; es lohnt sich Alles. Ich, für meine Person, halte an Napoleon fest; er war das größere Genie. Weißt du denn, daß Prinz Wilhelm – ich meine den alten, das heißt den ganz alten, der immer die Schwedter-Dragoner Uniform trug, hellblau, mit schwarzem Kragen, und soll ein aufrichtig frommer Mann gewesen sein, denn auf die Aufrichtigkeit kommt es an, – weißt du denn, daß Prinz Wilhelm immer die Büste Napoleons vor Augen hatte? Noch dazu auf seinem Schreibtisch.«

»Ja, ich weiß es, Papa; Du hast mir öfter davon erzählt.«

»Öfter davon erzählt«, wiederholte er. »Ja, das wird wohl richtig sein. Ich lerne nichts mehr dazu, habe blos immer noch die alten Geschichten, aber eigentlich sind das die besten. Entsinnst Du Dich noch? Lannes und Latour d'Auvergne und Michel Ney. Ja, mein Freund Michel Ney, der kommt mir jetzt wieder öfter in den Sinn und ich seh ihn dann immer, wie sie ihn an die Gartenmauer stellten – in dem öden und einsamen Luxembourg-Garten und war gerad ein recht klatschiges Dezemberwetter – und wie dann der Offizier, der das Peloton kommandirte, noch einmal das Kriegsgerichtsurtheil vorlesen wollte mit all den Prinzen- und Herzogstiteln, wie da mein Freund Ney abwehrte und unterbrach und mit seiner tiefen Stimme sagte: *»pourquoi tous ces titres? … Michel Ney … rien de plus … et bientôt un peu de poudre.«* Und dann fielen die Schüsse. Ja, »bald blos noch ein bischen Staub.« Eigentlich paßt es auf Jeden und zu jeder Stunde. Und wenn man nun gar 71 is …«

»Ach, Papa, daran mußt Du nicht denken.«

»Ich mag auch nicht, der Tod ist etwas Grusliges. Aber man mag wollen oder nicht, er meldet sich, er ist um einen 'rum, er ist da. Aber lassen wir den Tod. Tod ist ein schlechtes Wort, wenn man eben in ein Haus eintreten will. Und da kommt ja auch Luise, Dich zu begrüßen. Sei nur recht freundlich, auch wenn sie was Dummes sagt. Und darauf kannst Du Dich verlassen.«

Unter diesen Worten und während mein Vater vom Flur aus, in den wir grad' eingetreten waren, treppauf stieg, um sich in seiner äußeren Erscheinung ein ganz klein wenig zu verbessern, war die eben angekündigte Luise wirklich auf mich zugekommen und erzählte mir, in übrigens durchaus verständiger Weise, daß sich der Papa schon seit 2 Tagen auf meinen Besuch gefreut habe. Natürlich, er habe ja sonst nichts; sie höre zwar immer zu, wenn er was sage, aber sie sei doch nur dumm.«

»Ach, Luise, reden Sie doch nicht so was. Das wird ja so schlimm nicht sein. Jeder ist klug und jeder ist dumm. Und ich wette, Sie haben wieder einen Eierkuchen gebacken.«

»Hab ich auch.«

»Nun sehn Sie. Was heißt da, klug oder nicht klug. Papa kann froh sein, daß er Sie hat.«

»Bin ich auch« sagte dieser, der, während wir so sprachen, in einem aus einer weit zurückliegenden Zeit stammenden und deshalb längst zu eng gewordenen Rocke von seiner Giebelstube her wieder nach unten kam. »Bin ich auch. Luise ist eine gute Person. Mitunter allerdings schrecklich; aber bei Lichte besehn, ist alles mal schrecklich und es wäre ungerecht, wenn ich gerade von Luise den Ausnahmefall verlangen wollte.«

Luise selbst hatte sich inzwischen wieder in ihre Küche zurückgezogen, während mein Vater und ich in dem wundervoll kühlen Hausflur auf und ab schritten. Licht und Schatten spielten dabei um uns her. Die Thüren standen auf und gestatteten einen Einblick in das ganze Hausgewese. Zu jeder Seite lagen zwei Räume, rechts die meines Papas, links Luisens Stube und die Küche. »Laß uns hier eintreten,« sagte mein Vater und führte mich in seine nach dem Hofe hinaus gelegene Schlafstube, drin sich außer einem sehr breiten Fenster auch noch ein ganz kleines Extrafenster befand, ein bloßes Kuckloch, das immer aufstand und vor dem ein Gardinchen im Winde wehte.

»Da seh ich wieder das Kuckloch. Und steht auch wieder auf. Erkältest Du Dich nicht?«

»Nein, mein Jung'. Und jedenfalls, es läßt sich nicht anders thun. Wenn ich das Fensterchen zumache, krieg' ich keine Luft. Und Nachts … Gefahr is nicht … 'rein stehlen kann sich keiner; solche dünne Kerle giebt es gar nicht. Und dann hab ich ja auch die Pistole.«

»Ist es immer noch die alte, die nicht losgeht?«

»Natürlich. Auf das Losgehn kommt es bei Pistolen auch garnicht an. Die moralische Wirkung entscheidet dabei. Das Moralische entscheidet überhaupt.«

»Meinst Du?«

»Ja, das mein' ich. Ich bin erst spät dahinter gekommen, aber besser spät als gar nicht. Und nun komm in die Vorderstube. Ich merke, Luise hat schon aufgetragen und wenn mich meine Sinne nicht täuschen, übrigens bin ich auch ein bischen eingeweiht, so ist es eine geschmorte Kalbsbrust. Erster Gang. Ißt Du so was?«

»Gewiß ess ich so was. Kalbsbrust ist ja das allerfeinste, besonders was so dicht dran sitzt.«

»Ganz mein Fall. Es ist doch merkwürdig, wie sich so alles forterbt. Ich meine jetzt nicht im Großen, da ist es am Ende nicht so merkwürdig. Aber so im Kleinen. Kalbsbrust ist doch am Ende was Kleines.«

»Ja und nein.«

»Das ist Recht. Daran erkenn ich Dich auch. Man kann nicht so ohne Weiteres sagen, Kalbsbrust sei was Kleines. Und nun wollen wir anstoßen. Es ist noch Rothwein aus Stettin; die Stettiner manschen am besten. Was Echtes giebt es überhaupt nicht mehr. Weißt Du noch den alten Flemming mit seinem echten Bordeaux? Er nannt' ihn immer blos Medoc; ihm so ohne Weiteres einen vollfranzösischen Zunamen zu geben, so weit wollt' er doch nicht gehn. Medoc ist übrigens ein wirklicher Ort, freilich sehr klein, höchstens 1400 Einwohner ... Ja, der alte Flemming, ein vorzüglicher Herr. Ist nun auch schon zur großen Armee. Alles marschirt ab ... Na, ewig kann es nicht dauern.«

Und nun stießen wir an und ich sah, daß es wieder die schönen Pokalgläser aus der alten Swinemünder Zeit waren. »Sind das nicht ...«

»Gewiß. Und ich freue mich, daß Du sie wieder erkennst. Zwei sind nur noch davon da, aber mehr als zwei brauch ich auch nicht, denn mehr als einen Gast kann ich in dieser meiner Hütte nicht beherbergen Und am liebsten ist es mir, wenn Du kommst. Und nun krame mal aus. Was sagst Du zur Weltausstellung? Die Franzosen machen so was doch immer am Besten. Und dazu die Rede von dem Louis Napoleon! Er hat doch so was von dem Alten. Und hat auch darin ganz Recht, daß im Leben, d. h. im Leben eines Volkes, alles untereinander zusammenhängt und übereinstimmt und daß da, wo es die besten Generäle giebt, es auch die besten Maler giebt, oder die besten Schneider und Schuster. Und umgekehrt.«

»Ich habe wenig davon gelesen und ich kann mich nicht recht entsinnen.«

»Immer dieselbe Geschichte« lachte mein Vater. »Nicht gelesen. Und wenn ich nun bedenke, daß Du ein Zeitungsmensch bist! Da denkt man, die hören das Gras wachsen und jedesmal, wenn Du mich besuchst, seh ich, daß ich besser beschlagen bin als Du. Überhaupt, wie's in der Welt aussieht, davon hab ich doch immer am meisten gewußt. So war es schon, als ich noch jung war, in Ruppin und in Swinemünde, Die Swinemünder, na, das ging noch; solch flotter, fideler Schiffsrheder, der mal nach London und mal nach Kopenhagen fährt, na, der hat doch immer ein bischen Wind weg; aber die Ruppiner Schulprofessoren, … es hat mich mitunter genirt, wie viel besser ich alles wußte. Natürlich Horaz und die unregelmäßigen Verba ausgenommen. Da war z. B. der alte Starke. Dessen Steckenpferd war Aristoteles und was Aristoteles lange vergessen hatte, das wußte Starke. Aber das, worauf es ankommt, das wußt' er nicht. Ich lass es mir nicht abstreiten, unsere Schule geht falsche Wege; die Menschen lernen nicht das, was sie lernen sollten. Ney ist doch interessanter als Pelopidas. Und es kommt auch noch … Aber da bringt uns Luise die Omelette. Nimm nur hier die helle Hälfte, die andere Hälfte ist etwas verbrannt. Und wenn wir hier fertig sind, dann will ich Dir meinen Hof zeigen und meinen Steinbruch. Und dann machen wir einen Spaziergang auf Neuenhagen zu. Bei so schönem Wetter kann ich marschiren, ohne große Beschwerde.«

So ging es noch eine Weile weiter und dann standen wir auf, um, nach seinem Programm, alles in Augenschein zu nehmen. Zuerst also den Hof. Es sah alles ziemlich kahl aus und ich bemerkte zunächst blos einen Sägebock mit einer Buchenholzklobe darauf, daneben Säge und Axt. Er wies drauf hin und sagte: »Du weißt, alte Passion und ersetzt mir nach wie vor die Bewegung … Aber nun komm hierher; … Du hörst sie wohl schon.«

Und unter diesen Worten schritt er mit mir auf einen niedrigen Stall zu und schlug hier eine Klappthür auf, hinter der ich nun zwei Schweine ihre Köpfe vorstrecken sah. »Was sagst Du dazu? Prächtige Kerls. Wenn sie mich hören, werden sie wie wild vor Vergnügen und können's nicht abwarten.«

»Du wirst sie wohl verwöhnen. Mama und die Schröder sagten auch immer, Du verfuttertest bei den Biestern mehr, als sie nachher einbrächten.

»Ja, die Schröder; eine gute treue Seele. Mich konnte sie nicht recht leiden, weil ich die besten Bratenstücke mitunter an Peter und Petrine gab, weißt Du noch?«

Ich nickte.

»Ja, damals waren es die Katzen. Etwas muß der Mensch haben. Nun sind es *die* da; … na, gleich, gleich, beruhigt euch nur.«

Und dabei bückte er sich und fing an seine Lieblinge zu krauen. Er erzählte mir dann noch allerhand von der Klugheit dieser Thiere, deren innerer Bau übrigens, wie jetzt wissenschaftlich feststehe, dem des Menschen am nächsten komme. »*Sus Scrofa* und *Homo sapiens,* – es kann einem doch zu denken geben.«

Und nun nahm er mich unter'm Arm und ging mit mir auf eine mitten im Hofzaun angebrachte Gitterthür zu, hinter der ein schmaler Zickzackweg den Sandberg hinaufführte. Links und rechts waren tiefe Löcher gegraben, in denen Feldsteine von beträchtlicher Größe mit ihrer Oberhälfte sichtbar wurden.

»Läßt du die ausgraben, Papa?«

»Versteht sich, das ist jetzt eine Haupteinnahme von mir; ich kümmere mich dabei um nichts, ich gebe blos die Erlaubniß und dann kommen die Kerls und buddeln solchen Stein aus, d. h. viele Steine und schaffen sie dann in ihren Kahn und ich kriege mein Geld. Gott segne den Chausseebau. Daß das Geld im Boden liegt, ist doch wahr und wenn auch weiter nichts dabei heraus kommt, als eine Ladung Steine.«

Dabei waren wir den Zickzackweg hinauf und traten in den schon mehrerwähnten Fichtenwald ein, der den ganzen Bergrücken, eigentlich schon ein Plateau, überdeckte. Ein Säuseln ging durch die Kronen und ich sagte, während ich in die Höh blickte, so vor mich hin: »Und in Poseidons Fichtenhain Tritt er mit frommem Schauder ein.«

Er klopfte mich sofort zärtlich auf die Schulter, weil er heraus empfand, daß ich die zwei Zeilen bloß ihm zuliebe citirte. »Ja, das war immer meine Lieblingsstelle. Für gewöhnlich lernten wir damals, als ich noch jeden Morgen von Schloß Nieder-Schönhausen in's Graue Kloster mußte, nur ›Johann den muntern Seifensieder‹ und ›Gott Grüß Euch Alter, schmeckt das Pfeifchen‹ und Schiller war damals noch nicht halb so berühmt wie jetzt und noch nicht so zu sagen unter den Heroen. Aber ›die Kraniche des Ibykus‹ habe ich doch damals schon gelernt und ist mir auch sitzen geblieben. Es muß so was drin sein. Hast Du denn auch Alles behalten von früher?«

»Na, es geht. Eigentlich ist es merkwürdig, daß noch so viel sitzen bleibt.«

»Da hast Du Recht.«

Und nun traten wir aus dem Wald auf eine breite geradlinige Chaussee heraus, die von Ebereschenbäumen eingefaßt war.

»Das ist ja eine wundervolle Chaussee für solche Gegend« sagte ich. »Wo läuft die denn hin?«

»Die läuft, glaube ich, auf Oderberg zu; aber zunächst läuft sie hier bis Neuenhagen.«

»Neuenhagen, Du nanntest es schon vorhin. Ja, da bin ich vor Jahren auch einmal gewesen und hat mich Alles ganz ungemein interessirt. Da liegt nämlich, was Du vielleicht nicht weißt, Hippolyta von Uchtenhagen begraben und hat einen schönen Grabstein. Ich glaube so um 1590 herum. Damals gab man noch Geld für so was aus. Aber was mir in Neuenhagen, als ich damals hinkam, noch interessanter war, das war eine kleine Stube, darin die Schweden einen Neuenhagner Amtmann am Strohfeuer geröstet hatten. Richtiger 30jähriger Krieg. Und jetzt, denke Dir, jetzt schlafen die Leute darin. Ich erschrak ordentlich darüber und sagte, daß ich mir eine andere Schlafstube ausgesucht haben würde.«

Mein Papa nickte zustimmend.

»Ja, am Strohfeuer geröstet,« wiederholte ich. »Und das Alles, denn sie wollten's dem Amtmann abzwacken, um des verdammten Geldes willen.«

»Ja, das verdammte Geld!« sagte mein Vater, »Es ist schon recht und ist auch oft wirklich blos ein verdammtes Geld. Aber es giebt auch ein gutes Geld und ich mache mir jetzt mitunter so meine Gedanken darüber. Man soll nicht einen Amtmann rösten, um es zu kriegen; aber wenn man was hat, dann soll man's fest halten. Geld ist doch 'was, ist eine Macht. Und ihr habt nun Alle nichts.«

»Ach, Papa, rede doch nicht davon. Du weißt ja, es ist uns ganz egal.«

»Dir vielleicht, aber nicht deiner Mama.«

»Sie hat sich nun auch darin gefunden.«

»Darin gefunden! Sieh, mein Junge, da liegt die Anklage und die alte Frau hat auch ganz Recht. Das sag ich mir jetzt alle Tage, wenn ich da unten mit meiner Luise sitze und ihr mein Weltsystem entwickele, weil ich keinen andern habe, dem ich es vortragen kann, und wenn dann die beste Stelle kommt und ich mit einem Male sage: »nicht wahr, Luise?« sieh, dann fährt sie zusammen oder sitzt da wie ein Zaunpfahl.«

»Es wird Dir schwerer als uns, Papa.«

»Wohl möglich. Und es würde mir noch schwerer, wenn ich mir nicht sagte: die Verhältnisse machen den Menschen.«

»Das sagtest Du schon, wie wir noch Kinder waren. Und gewiß ist es richtig.«

»Ja richtig ist es. Aber damals, ich kann so zu Dir sprechen, denn Du bist ja nun selber schon ein alter Knabe, damals sagte ich es so hin und dachte mir nicht viel dabei. Jetzt aber, wenn ich meinen alten Lieblingssatz ausspiele, thu ich 's mit Überzeugung. So ganz kann es einen freilich nicht beruhigen. Aber doch beinah, doch ein bischen.«

Ich nahm seine Hand und streichelte sie.

»Das ist Recht. Ihr habt eine Tugend, ihr seid alle nicht begehrlich, nicht happig. Aber da wir nun mal dabei sind und ich nicht weiß, wie lang ich auf dieser sublunarischen Welt noch wandle, so möcht' ich doch über all diese Dinge noch ein Wort zu Dir sagen. Es giebt immer noch ein paar Leute, die denken, das *jeu* sei Schuld gewesen. Ich sage Dir, das ist

Unsinn. Das war nur so das Zweite, die Folge. Schuld war, was eigentlich sonst das Beste ist, meine Jugend und wenn es nicht lächerlich wäre, so möcht' ich sagen, neben meiner Jugend meine Unschuld. Ich war wie das Lämmlein auf der Weide, das 'rumsprang, bis es die Beine brach.«

Er blieb einen Augenblick stehn, denn er litt an asthmatischen Beschwerden und ich mahnte ihn, daß es wohl Zeit sei, umzukehren.

»Ja, laß uns umkehren; wir haben dann den Wind im Rükken und da spricht es sich besser Und ich habe doch noch dies und das auf dem Herzen. Ich sagte eben, meine Jugend war schuld. Und das ist auch richtig. Sieh, ich hatte noch nicht ausgelernt, da ging ich schon in den Krieg und ich war noch nicht lange wieder da, da verlobte ich mich schon. Und an meinem 23ten Geburtstag habe ich mich verheirathet und als ich 24 wurde, da lagst Du schon in der Wiege.«

»Mir ist es lieb, daß Du so jung warst.«

»Ja, alles hat seine zwei Seiten und es hat wohl auch seine Vortheile gehabt, daß ich nicht morsch und mürbe war. Aber das mit der Unerfahrenheit bleibt doch ein schlimmes Ding und das Allerschlimmste war, daß ich nichts zu thun hatte. Da konnt' ich's denn kaum abwarten, bis Abends der verdammte Tisch aufgeklappt wurde.«

»Sonderbar, ich habe so vieles von Dir geerbt, aber davon keine Spur. Spiel war mir immer langweilig.«

Er lachte wehmütig. »Ach mein lieber Junge, da täuschst Du Dich sehr, wenn Du meinst, daß wir darin von einander abweichen. Es hat mir auch nie Vergnügen gemacht, auch nicht ein bischen. Und ich spielte noch dazu herzlich schlecht. Aber wenn ich mich dann den ganzen Tag über gelangweilt hatte, wollt' ich am Abend wenigstens einen Wechsel verspüren und dabei bin ich mein Geld los geworden und sitze nun hier einsam und Deine Mutter erschrickt vor dem Gedanken, ich könnte mich wieder bei ihr einfinden. Es sind nun beinah 50

Jahre, daß wir uns verlobten und sie schrieb mir damals zärtliche Briefe, denn sie liebte mich. Und das ist nun der Ausgang. Zuneigung allein ist nicht genug zum Heirathen; heirathen ist eine Sache für vernünftige Menschen. Ich hatte noch nicht die Jahre, vernünftig zu sein.«

»Ist es Dir recht, wenn ich der Mama das alles wieder erzähle?«

»Gewiß ist es mir recht, trotzdem es ihr nichts Neues ist. Denn es sind eigentlich ihre Worte. Sie hat nur die Genugtuung, daß ich sie mir zu guter Letzt zu eigen gemacht habe. Sie hat Recht gehabt in allem, in ihren Worten und in ihrem Thun.«

Er sprach noch eine Weile so weiter. Dann kamen wir an die Stelle, wo die Chaussee aus dem Walde wieder niederstieg, zunächst auf den Fluß und die Bohlenbrücke zu. Jenseits der Brücke dehnte sich dann das Bruch in seiner Sommerschönheit, diesseits aber lag, als nächstes, das Wohnhaus meines Vaters, aus dessen Schornstein eben ein heller Rauch in der Nachmittagssonne aufkräuselte.

»Da sind wir wieder und Luise kocht nun wohl schon den Kaffee. Darauf versteht sie sich. ›Ist die Blume noch so klein, Etwas Honig sitzt darein.‹ Oder so ähnlich. Man kann nicht alle Verse auswendig wissen. Und lobe nur den Kaffee, sonst erzählt sie mir 30 mal, es habe Dir nicht geschmeckt. Und wenn ich Glück habe, weint sie auch noch dazu.«

Als wir ins Haus traten, war die Kaffeedecke bereits aufgelegt und die Tassen standen schon da, dazu, *faute de mieux*, kleine Theebrötchen, denn Schiffmühle war keine Bäckergegend und nur einmal des Tages kam die Semmelfrau. Dazu hatten wir schönes Quellwasser, das aus dem Sandberg kam.

Als 5 Uhr heran war, mußt' ich wieder fort. »Ich begleite Dich noch,« und so bracht er mich bis über die Brücke.

»Nun lebewohl und laß Dich noch mal sehen.« Er sagte das

mit bewegter Stimme, denn er hatte die Vorahnung, daß dies der Abschied sei.

»Ich komme wieder, recht bald.«

Er nahm das grüne Käpsel ab und winkte.

Und ich kam auch bald wieder.

Es war in den ersten Oktobertagen und oben auf dem Bergrücken, da, wo wir von »Poseidon's Fichtenhain« gescherzt hatten, ruht er nun aus von Lebens Lust und Müh.

| | |

1892, Fontane war 72 Jahre alt, erkrankte er ernsthaft, hinzu kam eine Art psychischer Krise. Die »Nervenpleite« war so weit gediehen, dass er selbst die Lust am Schreiben verloren zu haben schien. Erst Ende Oktober dieses Jahres lesen wir in einem Brief an Julius Rodenberg: »Als ich Ihnen das letzte Mal schrieb, erst wenig mehr als eine Woche (her), war ich noch ohne rechtes Vertrauen in meine Wiederherstellung, es scheint aber seitdem, als wäre mir noch eine Frist gegönnt. Ist dem so, so werde ich mich am Schluß des Jahres, oder doch nicht viel später, mit etwas Autobiographischem bei Ihnen einstellen.« Fontanes Arzt, Wilhelm Delhaes, hatte ihm geraten, seine Lebenserinnerungen niederzuschreiben. Meine Kinderjahre *erschien ein Jahr nach Ausbruch der Krise im November 1893. »(Ich) darf sagen, mich an diesem Buch wieder gesund geschrieben zu haben. Ob es den Leuten gefallen wird, muß ich abwarten, mir selbst habe ich damit einen großen Dienst getan«. Es erlebte binnen eines Jahres drei Nachauflagen und löste den »writer's block«, es erschienen danach noch* Effi Briest *und* Der Stechlin.

Der »autobiographische Roman« blickt zurück auf die ersten Lebensjahre in Neuruppin, berichtet von Herkunft und Art seiner Eltern: »Meine Mutter war ein Kind der südlichen Cevennen, eine schlanke, zierliche Frau von schwarzem Haar, mit Augen wie Kohlen, energisch, selbstsuchtslos und ganz Charakter, aber (…) von so großer Leidenschaftlichkeit, daß mein Vater halb ernst- halb scherzhaft von ihr zu sagen liebte: ›wäre sie im Lande geblieben, so tobten die Cevennenkriege noch‹«. Im Zentrum der Erinnerungen stehen aber die Jahre in Swinemünde: das Apothekerhaus, die Nachbarn, die Kinderspiele, die Back- und Schlachtfeste, die Abenteuer an »Strom und Strand«. Unterbrochen werden die Erinnerungen durch ein »Intermezzo«, einen (letzten) Besuch bei seinem allein lebenden Vater im Oderbruch: »Was Fontane auszeichnet, ist in diesem kleinen Prosastück verdichtet enthalten: das Ja und das Nein zu den Dingen des Daseins, das ganz und gar Unpathetische, der Blick für das Wesentliche im Nebensächlichen, die Freude an der Anekdote, der liebenswürdige Humor und endlich die im Bild dieses Vaters sich bezeugende Gesinnung des Humanen.« (Walter Müller-Seidel)

Wenn man von Berlin aus in östlicher Richtung nach Bad Freienwalde fährt, erreicht man dessen Ortsteil Schiffmühle nach einer guten halben Stunde. In dem ehemaligen Wohnhaus des Vaters ist ein kleines Museum eingerichtet, Voranmeldung empfohlen. Wer den wenigen Spuren folgen möchte, die Fontane im heute polnischen Świnoujście hinterlassen hat, dem sei das Buch von Hellmut Hannes, Auf den Spuren Theodor Fontanes in Swinemünde, *zur Lektüre empfohlen.*

»Talent épistolaire«
Brief an Martha Fontane

Berlin 25. Juni 89.
Potsd. Str. 134. c.

Meine liebe Mete.
Ich will doch bis Kissingen nicht warten. Ja, ich habe seit Wochen nicht geschrieben, weil, ohne daß ich verstimmt war (wann wäre ich verstimmt!), doch die rechte Stimmung nicht da war, und fehlt diese, so fehlt alles, denn unsre Erlebnisse sind sehr klein. Mama macht mir stille Vorwürfe darüber und mitunter auch laute, als ob ich die Sache ändern und durch eine Nachmittagsfahrt nach Treptow oder Stralau die Insel der Seligen wiederherstellen könnte. Doch höchstens eine wie die Böcklinsche, die noch langweiliger wirkt als der Potsdamerstraßen-Alltagszustand. Mama könnte von mir lernen, wie man Einsamkeit, Stille, Langeweile menschenwürdig zu ertragen hat, wie sie aber in 40 Jahren überhaupt nichts von mir gelernt hat, sondern (vielleicht recht gut) sie selbst geblieben ist, so auch in diesem Stück. Sie verlangt in jeder Minute oder doch mindestens in jeder Stunde das Ideal des Daseins, das es bekanntlich überhaupt nicht gibt, und wundert sich, es nicht einfliegen zu sehn, besonders jetzt, wo doch alle Fenster aufstehn. Daß mich dies alles, ganz kurze Minuten abgerechnet, nur noch erheitert, brauche ich Dir nicht erst zu versichern. Im übrigen füge ich gern hinzu, daß ich der armen, abgearbeiteten Frau gern vergnüglichere Tage gönnte, sie hat nun mal ganz den Zug nach kleinem Schnack, Sensation und Medi-

sance, und ich wollte täglich 2 Mark (was sie aber auch wieder zu hoch finden würde) in die Armenbüchse tun, wenn ich ihr diesen kleinen Schnack verschaffen könnte. Das kann ich aber nicht, das kann sie nur selber. Sie selber kann es aber auch nicht, und zwar nicht bloß deshalb, weil alles verstorben oder verreist ist, sondern weil sie, schon nach einer halben Stunde, anfängt kritisch und feinschmeckerisch zu werden und sich nach abermals einer halben Stunde davon überzeugt hält, daß Stillsitzen und häusliche Langeweile noch lange nicht das Schlimmste sind. *Ich* weiß es längst, und wenn es zu toll wird, lege ich mich zu Bett.

Ich habe mich sehr gefreut, daß Du auf Rolandseck einen so schönen Nachmittag gehabt hast; das ist doch das Schöne, daß der Rhein solche Punkte hat, Punkte, bei denen Name und Geschichte mitwirken. Heine schrieb mal sehr richtig, es ist nicht dasselbe, ob ein Schneidergeselle eine Handschuhmamsell unglücklich liebt oder ein Montmorency eine Lusignan. So ist es auch mit den Namen unsrer Vergnügungsörter: Eierhäuschen, Hankels Ablage, Kaputt – man fühlt ordentlich, wie das Vergnügen entzweigeht. Und nun daneben: Rolandseck, Drachenfels, Lorelei. Unkel nähert sich uns schon wieder, und Nonnenwerth ist lächerlich. Ich sehe nur Unzüchtigkeiten, wenn ich das Wort höre. Es liegt nicht an Nonne, sondern an einer merkwürdigen, den Spott herausfordernden Zusammenstellung.

Mama hat Dir das talent épistolaire abgesprochen. Ganz mit Unrecht. Ja, was heißt Briefschreibetalent! Es ist damit wie mit allem; eine Norm gibt es nicht. Der kleine Notizenbrief kann sehr nett sein, und ich kann mit Vergnügen lesen, daß der Kanarienvogel bei Herrlichs (dies ist aber bloß Supposition, ich will dem Tierchen nichts nachreden) zwei Eier ausgebrütet hat oder daß Fips geschoren wurde, erst halb und dann ganz, oder daß die Mackeldeyschen Mamsells es abgelehnt haben, ein »schieres« Karbonadenstück zu verkaufen, und jetzt auf ruhige mit Knochenhinnahme bestehn – aber ich kann doch nicht zugeben, daß diese Form der Briefschreibung die allein seligmachende Kirche sei. Dabei fällt mir ein kl. Erlebnis ein, daß sich hier paßlich einreiht. Ich ging gestern heimlich (was dann auch später moniert wurde) zu Mey & Edlich, um mir einen kleinen schwarzen Sommerrock für 10 Mark zu kaufen. Was auch geschah. »Aber wird er passen?« »Oh, wir werden gleich sehn.« Ich nahm dies als eine Aufforderung, was es auch war, mußte in der Haltung der jungen Dame aber doch irgendeine mich dirigierende Bewegung übersehn haben, denn als ich jetzt Miene machte, mich in conspectu omnium und im Bewußtsein eines eben erst angezogenen schneeweißen Hemdes meines schwarzen Tuchrocks entkleiden wollte, traf mich ein Angstblick, der etwa ausdrückte: »mein Herr, dies ist keine Bade-Anstalt.« Ich folgte ihr nun beschämt durch allerhand lange dunkle Korridore, bis ich endlich an einen männlichen Schneider abgeliefert wurde. Nun aber komme ich auf mein Thema zurück und sage, man kann auch sein talent épistolaire – bei dem ich beiläufig nicht weiß, ob es sich mit oder ohne e schreibt – in Reflexionen, philosophischen Betrachtungen, Bildern, Vergleichen, Angriffen und Verteidigungen zeigen. Also schreibe ruhig so weiter. (…) Wie immer Dein alter

Papa

| | |

Fontane bekannte in einem Schreiben an Hanns Fechner vom 3. Mai 1889: »In meinem eigensten Herzen bin ich geradezu Briefschwärmer und ziehe sie, weil des Menschen Eigenstes und Echtestes gebend, jedem andern historischen Stoff vor.« Eine Besonderheit stellt der Briefwechsel des Ehepaars Fontane mit ihrer einzigen Tochter Martha dar: Sie ist das Lieblings- und »Angstkind« der Eltern »und da er (Fontane) weiß, daß Mete diese Briefkunst schätzt, fühlt er sich zu spezieller Entfaltung seines Talents stimuliert« (Gotthard Erler).

Martha (»Mete«) Fontane, geboren am 21. März 1860, war ein Kind, das sich gegenüber ihren Brüdern und in der Schule durchzusetzen wusste. Sprachbegabt und musikalisch, absolvierte sie eine Ausbildung zur Lehrerin, den Beruf übte sie aber nicht lange aus. Immer wieder warfen sie Krankheiten zurück, mit 39 Jahren heiratete sie den über zwanzig Jahre älteren Architekten Karl Emil Fritsch, vier Tage nach der Verlobung starb Theodor Fontane ... Im Testament wurde Mete als einziges Familienmitglied in die »Nachlasskommission« berufen. 1917 kam sie durch einen Fenstersturz zu Tode.

Meine Gräber

Kein Erbbegräbnis mich stolz erfreut,
Meine Gräber liegen weit zerstreut.
Weit zerstreut über Stadt und Land,
Aber all in märkischem Sand.

Verfallene Hügel, die Schwalben ziehn,
Vorüber schlängelt sich der Rhin,
Über weiße Steine, zerbröckelt all,
Blickt der alte Ruppiner Wall,
Die Buchen stehn, die Eichen rauschen,
Die Gräberbüsche Zwiesprach tauschen,
Und Haferfelder weit auf und ab –
Da ist meiner Mutter Grab.

Und ein andrer Platz, dem verbunden ich bin:
Berglehnen, die Oder fließt dran hin,
Zieht vorüber in trägem Lauf,
Gelbe Mummeln schwimmen darauf;
Am Ufer Werft und Schilf und Rohr,
Und am Abhange schimmern Kreuze hervor,
Auf eines fällt heller Sonnenschein –
Da hat mein Vater seinen Stein.

Der Dritte, seines Todes froh,
Liegt auf dem weiten Teltow-Plateau,
Dächer von Ziegel, Dächer von Schiefer,

Dann und wann eine Krüppelkiefer,
Ein stiller Graben die Wasserscheide,
Birken hier, und da eine Weide,
Zuletzt eine Pappel am Horizont,
Im Abendstrahle sie sich sonnt.
Auf den Gräbern Blumen und Aschenkrüge,
Vorüber in Ferne rasseln die Züge,
Still bleibt das Grab und der Schläfer drin –
Der Wind, der Wind geht drüber hin.

| | |

Fontanes »Lieblingssohn« George starb 1887 im Alter von 36 Jahren an einer verschleppten Blinddarmentzündung. Das Gedicht Meine Gräber *entstand 1888 und wurde ein Jahr später veröffentlicht.*

Es ist wie bei Witwe Poggenpuhl, die von ihrem Fenster auf den Matthäifriedhof blickt: Erbbegräbnisse, also erbliche Ansprüche auf eine Bestattung in einer Familiengrablege, sind nur eine Vision. Fontanes Gräber liegen »weit zerstreut«: Das der Mutter in Neuruppin, das des Vaters kann unweit des Fontanehauses in Schiffsmühle an der Kirche in Neutornow besichtigt werden, Georges Beerdigung erfolgte auf dem Friedhof in Berlin-Lichterfelde. In dem Gedicht werden nicht die Verstorbenen oder deren Grabstätten beschrieben, sondern der »märkische Sand«, die heimatliche Landschaft, in die sie zurückkehren.

Fontane selbst wurde am 24. September 1898 auf dem Friedhof der Französisch-Reformierten Gemeinde in der Berliner Liesenstraße beigesetzt. Emilie schrieb am 1. Oktober an den Freund der Familie, Julius Stockhausen: »Ich klage nicht, ich danke nur, gesegnet gewesen zu sein, an seiner Seite durchs Leben zu gehen, aber – er fehlt mir!«

»Ich kann Telegramms nicht leiden«

Der Stechlin

Das war im Mai, daß der alte Stechlin diese Worte zu seinem Freunde Kortschädel gesprochen hatte. Heute aber war dritter Oktober und ein wundervoller Herbsttag dazu. Dubslav, sonst empfindlich gegen Zug, hatte die Türen aufmachen lassen, und von dem großen Portal her zog ein erquicklicher Luftstrom bis auf die mit weiß und schwarzen Fliesen gedeckte Veranda hinaus. Eine große, etwas schadhafte Markise war hier herabgelassen und gab Schutz gegen die Sonne, deren Lichter durch die schadhaften Stellen hindurch schienen und auf den Fliesen ein Schattenspiel aufführten. Gartenstühle standen umher, vor einer Bank aber, die sich an die Hauswand lehnte, waren doppelte Strohmatten gelegt. Auf eben dieser Bank, ein Bild des Behagens, saß der alte Stechlin in Joppe und breitkrempigem Filzhut und sah, während er aus seinem Meerschaum allerlei Ringe blies, auf ein Rundell, in dessen Mitte, von Blumen eingefaßt, eine kleine Fontäne plätscherte. Rechts daneben lief ein sogenannter Poetenstieg, an dessen Ausgang ein ziemlich hoher, aus allerlei Gebälk zusammengezimmerter Aussichtsturm aufragte. Ganz oben eine Plattform mit Fahnenstange, daran die preußische Flagge wehte, schwarz und weiß, alles schon ziemlich verschlissen.

Engelke hatte vor kurzem einen roten Streifen annähen wollen, war aber mit seinem Vorschlag nicht durchgedrungen.

»Laß. Ich bin nicht dafür. Das alte Schwarz und Weiß hält

gerade noch; aber wenn du was Rotes drannähst, dann reißt es gewiß.«

Die Pfeife war ausgegangen, und Dubslav wollte sich eben von seinem Platz erheben und nach Engelke rufen, als dieser vom Gartensaal her auf die Veranda heraustrat.

134 »Das ist recht, Engelke, daß du kommst … Aber du hast da ja was wie 'n Telegramm in der Hand. Ich kann Telegramms nicht leiden. Immer is einer dod, oder es kommt wer, der besser zu Hause geblieben wäre.«

Engelke griente. »Der junge Herr kommt.«

»Und das weißt du schon?«

»Ja, Brose hat es mir gesagt.«

»So, so. Dienstgeheimnis. Na, gib her.«

Und unter diesen Worten brach er das Telegramm auf und las: »Lieber Papa. Bin sechs Uhr bei dir. Rex und Czako begleiten mich. Dein Woldemar.«

Engelke stand und wartete.

»Ja, was da tun, Engelke?« sagte Dubslav und drehte das Telegramm hin und her. »Und aus Cremmen und von heute früh«, fuhr er fort. »Da müssen sie also die Nacht über schon in Cremmen gewesen sein. Auch kein Spaß.«

»Aber Cremmen is doch soweit ganz gut.«

»Nu, gewiß, gewiß. Bloß sie haben da so kurze Betten … Und wenn man, wie Woldemar, Kavallerist ist, kann man ja doch auch die acht Meilen von Berlin bis Stechlin in einer Pace machen. Warum also Nachtquartier? Und Rex und Czako begleiten mich. Ich kenne Rex nicht und kenne von Czako nicht. Wahrscheinlich Regimentskameraden. Haben wir denn was?«

»Ich denk doch, gnäd'ger Herr. Und wovor haben wir denn unsre Mansell? Die wird schon was finden.«

»Nu gut. Also wir haben was. Aber wen laden wir dazu ein? So bloß ich, das geht nicht. Ich mag mich keinem Menschen mehr vorsetzen. Czako, das ginge vielleicht noch. Aber Rex, wenn ich ihn auch nicht kenne, zu so was Feinem wie Rex pass' ich nicht mehr; ich bin zu altmodisch geworden. Was meinst du, ob die Gundermanns wohl können?«

»Ach, die können schon. Er gewiß, und sie kluckt auch bloß immer so rum.«

»Also Gundermanns. Gut. Und dann vielleicht Oberförsters. Das älteste Kind hat freilich die Masern, und die Frau, das heißt die Gemahlin (und Gemahlin is eigentlich auch noch nicht das rechte Wort) die erwartet wieder. Man weiß nie recht, wie man mit ihr dran ist und wie man sie nennen soll, Oberförsterin Katzler oder Durchlaucht. Aber man kann's am Ende versuchen. Und dann unser Pastor. Der hat doch wenigstens die Bildung. Gundermann allein ist zu wenig und eigentlich bloß ein Klutentreter. Und seitdem er die Siebenmühlen hat, ist er noch weniger geworden.«

Engelke nickte.

»Na, dann schick also Martin. Aber er soll sich proper machen. Oder vielleicht ist Brose noch da; der kann ja auf seinem Retourgang bei Gundermanns mit 'rangehn. Und soll ihnen sagen sieben Uhr, aber nicht früher; sie sitzen sonst so lange rum, und man weiß nicht, wovon man reden soll. Das heißt mit ihm; sie red't immerzu ... Und gib Brosen auch 'nen Kornus und funfzig Pfennig.«

»Ich werd' ihm dreißig geben.«

»Nein, nein, funfzig. Erst hat er ja doch was gebracht, und nu nimmt er wieder was mit. Das is ja so gut wie doppelt. Also funfzig. Knaps ihm nichts ab.«

| | |

Ein alter märkischer Gutsherr, dessen Besitzungen schon etwas »in die Jahre« gekommen sind, lebt mit seinem Diener Engelke auf »Schloss« Stechlin am Stechlinsee. Dubslav von Stechlin, »eines jener erquicklichen Originale, bei denen sich selbst die Schwächen in

Vorzüge verwandeln«, stirbt am Ende des Romans, ohne dass sich auf den rund 500 Seiten vorher dramatische Verwicklungen ergeben hätten. Das Fazit lautet: »Es ist nicht nötig, daß die Stechline weiterleben, aber es lebe der Stechlin.*«*

In der Zeitschrift Über Land und Meer *wurde der Roman* Der Stechlin *vom Oktober bis Dezember 1897 vorabgedruckt, Fontane arbeitete noch bis zu seinem Tod an letzten Korrekturen. Das Erscheinen der Buchausgabe hat der Autor nicht mehr erlebt. Schon in Fritz Mauthners Rezension im* Berliner Tagblatt *vom 8. November 1898 war zu lesen: »Das ist nicht mehr und nicht weniger als das Testament Theodor Fontanes. Fontanes letzte Gedanken über Gott und die Welt, über Bismarck und den Alten Fritz, über Preußen und die Mark Brandenburg, über die soziale Frage und über die Armee, über Mannesseelen und Frauenherzen (...) und am Ende haben wir gar etwas wie den Abschluß seiner Selbstbiographie vor uns.« Für Thomas Mann war der Roman das »am weitesten über seine Epoche« hinausragende Werk.*

Im Gegensatz zum See sind Dorf und »Schloss« Stechlin eine Erfindung des Autors, für das Damenstift Wutz stand vermutlich Kloster Lindow in der Mark Pate, das einen Ausflug lohnt. Am Stechlinsee, einem der größten und tiefsten Klarwasserseen Europas, errichtete die DDR zusammen mit ihrem sowjetischen Verbündeten eines der ersten Kernkraftwerke auf deutschem Boden. Der »Pionier für die Energie der Zukunft« wurde 1966 in Betrieb genommen, 1990 abgeschaltet und ab 1995 »zurückgebaut«.

Textnachweise

| »Berlin hat alles, aber keine Luft«, S. 99, aus: Theodor Fontane, *Irrungen, Wirrungen.* Mit einem Nachwort von Walther Killy, Insel Verlag Frankfurt am Main 1984

| »Die Hauptsache ist es *nicht*«, S. 51, aus: Theodor Fontane, *Unwiederbringlich,* Insel Verlag Frankfurt am Main und Leipzig 1994

| »Egoistisch bin ich, aber nicht lieblos«, S. 16, »Es führt zu gar nichts«, S. 95, aus: Emilie und Theodor Fontane, *Die Zuneigung ist etwas Rätselvolles, Der Ehebriefwechsel , Band 2: 1873-1898,* herausgegeben von Gotthard Erler unter Mitarbeit von Therese Erler, Aufbau-Verlag, Berlin 1998

| »Ein weites Feld, Luise«, S. 68, aus: Theodor Fontane, *Effi Briest.* Mit 21 Lithographien von Max Liebermann, Insel Verlag Frankfurt am Main 1976

| »Gundling«, S. 83, aus: Theodor Fontane, *Wanderungen durch die Mark Brandenburg,* herausgegeben von Gotthard Erler und Rudolf Mingau, *Dritter Teil: Havelland,* Insel Verlag Frankfurt am Main 1976

| Herr von Ribbeck auf Ribbeck im Havelland, S. 30, Meine Gräber, S. 130, aus: Theodor Fontane, *Gedichte in einem Band,* herausgegeben von Otto Drude, Insel Verlag Frankfurt am Main und Leipzig 1998

| »Ich bin mehr fürs Runde«, S. 10, aus: Theodor Fontane, *Mathilde Möhring.* Mit einem Nachwort von Peter Demetz, Insel Verlag Frankfurt am Main 1988

| »Ich kann Telegramms nicht leiden«, S. 133, aus: Theodor Fontane, *Der Stechlin.* Mit einem Nachwort von Walter Müller-Seidel, Insel Verlag Frankfurt am Main 1975

| In Kätner Posts Garten, S. 60, aus: Theodor Fontane, *Wanderungen durch die Mark Brandenburg,* herausgegeben von Gotthard Erler und Rudolf Mingau, *Vierter Teil: Spreeland,* Insel Verlag Frankfurt am Main 1976

| »Nich heiraten is noch besser«, S. 21, aus: Theodor Fontane,

Schach von Wuthenow. Erzählung aus der Zeit des Regiments Gensdarmes. Mit einem Nachwort von Benno von Wiese, Insel Verlag Frankfurt am Main 1984

| »Nichts von ›aber‹, Treibel«, S. 33, aus: Theodor Fontane, *Frau Jenny Treibel, oder »Wo sich Herz zum Herzen findt«.* Mit einem Nachwort von Richard Brinkmann, Insel Verlag Frankfurt am Main 1984

| »Questionable Shape«, S. 43, »Kranksein«, S. 80 und »Talent épistolaire«, S. 124, aus: Theodor Fontane, *Meine liebe Mete. Ein Briefgespräch zwischen Eltern und Tochter*, herausgegeben von Gotthard Erler, Aufbau Taschenbuch Verlag Berlin 2001

| Vierzig Jahre später, S. 108, aus: Theodor Fontane, *Meine Kinderjahre. Autobiographischer Roman.* Mit einem Nachwort von Otto Drude, Insel Verlag Frankfurt am Main 1983

| »Wählte Ungnade ...«, S. 47, aus: Theodor Fontane, *Wanderungen durch die Mark Brandenburg*, herausgegeben von Gotthard Erler und Rudolf Mingau, *Zweiter Teil: Das Oderland*, Insel Verlag Frankfurt am Main 1989

| »Wir sind nicht mehr dran«, S. 88, aus: Theodor Fontane, *Die Poggenpuhls*, Insel Verlag Frankfurt am Main 1990

Literaturverzeichnis

| Heinz Ludwig Arnold (Hg.), *Theodor Fontane*, edition text + kritik München 1989

| Roland Berbig, *Theodor Fontane Chronik*, Mitarbeit: Josefine Kitzbichler, Verlag Walter de Gruyter Berlin 2010

| Hans Blumenberg, *Vor allem Fontane. Glossen zu einem Klassiker*, Insel Verlag Frankfurt am Main und Leipzig 2002

| Günter de Bruyn, *Mein Brandenburg*. Mit Fotos von Barbara Klemm, S. Fischer Verlag Frankfurt am Main 1993

| Gordon A. Craig, *Über Fontane*, Verlag C. H. Beck, München 1997

| Friedrich Christian Delius, *Die Birnen von Ribbeck*, Rowohlt Verlag Reinbek 1991

| Peter Demetz, *Formen des Realismus: Theodor Fontane. Kritische Untersuchungen*, Hanser Verlag München 1966

| Regina Dieterle, *Im Bann des Vaters, Die Fontanesche Familientragödie*, in: Bettina Plett (Hg.), *Theodor Fontane*. Wissenschaftliche Buchgesellschaft Darmstadt 2007

| Gotthard Erler, *Das Herz bleibt immer jung, Emilie Fontane. Biographie*, Aufbau-Verlag Berlin 2002

| *Fontane und die bildende Kunst*, herausgegeben von Claude Keisch, Peter-Klaus Schuster und Moritz Wullen, Henschel Verlag Berlin 1998

| Franz Fühmann, *Das Ruppiner Tagebuch. Auf den Spuren Theodor Fontanes*, herausgegeben von Barbara Heinze und Peter Dehmel, Hinstorff Verlag Rostock 2005

| Christian Grawe, *Führer durch Fontanes Romane*, Reclam Verlag Stuttgart 1996

| Wolfgang Hädecke, *Theodor Fontane. Biographie*, Hanser Verlag München 1998

| Anna Katharina Hahn, *»Dann lebt man ohne Glück«. Unsere Romanhelden: Lene Nimptsch*, *Frankfurter Allgemeine Zeitung* 7. März 2012

| Hellmut Hannes, *Auf den Spuren Theodor Fontanes in Swinemünde: Ein Stadtrundgang durch Świnoujście*, Thomas Helms Verlag Schwerin 2009

| Alfred Kerr, *Wo liegt Berlin? Briefe aus der Reichshauptstadt 1895-1900*, herausgegeben von Günther Rühle, Aufbau-Verlag Berlin 1997

| Hanjo Kesting, *Theodor Fontane. Bürgerlichkeit und Lebensmusik*, Wallstein Verlag Göttingen 1998

| Joachim Kleine, *Die Hankels auf Hankels Ablage. Wo Fontane in der Sommerfrische war*, Zeuthen 1999

| Thomas Mann, *Leiden und Größe der Meister*, herausgegeben und mit Nachbemerkungen versehen von Peter de Mendelssohn, S. Fischer Verlag Frankfurt am Main 1982

| Norbert Mecklenburg, *Theodor Fontane. Romankunst der Vielstimmigkeit*, Suhrkamp Verlag Frankfurt am Main 1998

| Walter Müller-Seidel, *Theodor Fontane. Soziale Romankunst in Deutschland*, Verlag J. B. Metzler Stuttgart 1975

| Helmuth Nürnberger, *Fontanes Welt*, Siedler Verlag Berlin 1997

| Helmuth Nürnberger / Dietmar Storch, *Fontane-Lexikon. Namen – Stoffe – Zeitgeschichte*, Hanser Verlag München 2007

| Bernd W. Seiler, *Fontanes Berlin. Die Hauptstadt in seinen Romanen*, Verlag Berlin Brandenburg 2010

Bildlegenden

| Umschlag: Der Große Stechlinsee bei Neuglobsow

| S. 6 Theodor-Fontane-Denkmal im Großen Tiergarten, Berlin

| S. 9 »Der Zug rasselt inzwischen weiter. Nur der Leser und ich sind ausgestiegen«: Brandenburgisches Haupt- und Landgestüt Neustadt an der Dosse

| S. 15 »Nicht aber kennen wir das gleichnamige Luch, daß der Rhin hier bildet.«

| S. 20 »Alles Leben und Licht. Das Einzelne fällt, das Ganze bleibt«: Das königliche Idyll in Paretz, einem Ortsteil von Ketzin/Havel

| S. 28/29 Schloss Ribbeck bei Nauen

| S. 42 »Und so kommt es denn auch, daß Großbeeren ein Lieblingstag in unserer berlinisch-brandenburgischen Geschichte geblieben ist«: Tabernakel von Karl Friedrich Schinkel in Großbeeren südlich von Berlin

| S. 46 Grabstein für Johann Friedrich Adolf von der Marwitz in der Kirche von Friedersdorf/Vierlinden

| S. 66/67 »Rheinsberg von Berlin aus zu erreichen, ist nicht leicht.«

| S. 78/79 Potsdam-Bornstedt: »Wir sind nirgends einem Dorfkirchhofe begegnet, der solche Fülle von Namen aufzuweisen hätte.«

| S. 94 Die Heilandskirche in Potsdam-Sacrow

| S. 98 »Von fernher einem modernen Fabrikschornsteine nicht unähnlich, bis man im Näherkommen den bedeutenderen Durchmesser ahnt«: Die »Warte« bei Gransee

| S. 107 Wohnhaus von Fontanes Vater, heute Museum in Schiffmühle bei Bad Freienwalde

| S. 123: Karl-Friedrich-Schinkel-Denkmal in Neuruppin

| S. 128/129 »Vielleicht die größte Sehenswürdigkeit von Schloß Kunersdorf ist die Begräbnisstätte für die Familie Lestwitz-Itzenplitz.«

| S. 132 Kloster Lindow in der Mark »ist so reizend wie sein Name. Zwischen drei Seen wächst es auf, und alte Linden nehmen es unter ihren Schatten«.

| S. 137 »Nur seine Sehnsucht trug ihn mit / Den Brüdern über's Meer«: Kraniche im Ruppiner Land

Inhalt

 Bezugspapier unter Verwendung einer Fotografie von Heike Steinweg. Gesetzt in der Palatino Linotype. Gedruckt auf holzfreies, alterungsbeständiges mattgestrichenes Papier der Firma Papier Union, Hamburg von der Memminger MedienCentrum AG. Gebunden in Fadenheftung von der Conzella Verlagsbuchbinderei GmbH & Co KG, Aschheim-Dornach. Printed in Germany
ISBN 978-3-458-20033-8